COLLECTION III

III pour trois souvenirs.

Les pages qui suivent renferment trois récits inspirés de moments marquants dans la vie de l'auteur. Peut-être s'y glisse-t-il une part d'invention. Peut-être pas.

Du même auteur

Nord Alice, Leméac, 2015.
Hollywood, Leméac, 2012.
La foi du braconnier, Leméac, 2009.

Les repentirs

Projet dirigé par Danielle Laurin, directrice littéraire

Conception graphique : Nathalie Caron
Mise en pages : Marquis Interscript
Révision linguistique : Isabelle Pauzé
En couverture : Photographie, gracieuseté de Marc Séguin

Ce roman tient compte de la nouvelle orthographe.

Québec Amérique
7240, rue Saint-Hubert
Montréal (Québec) Canada H2R 2N1
Téléphone : 514 499-3000, télécopieur : 514 499-3010

Nous reconnaissons l'aide financière du gouvernement du Canada par l'entremise du Fonds du livre du Canada pour nos activités d'édition.

Nous remercions le Conseil des arts du Canada de son soutien. L'an dernier, le Conseil a investi 157 millions de dollars pour mettre de l'art dans la vie des Canadiennes et des Canadiens de tout le pays.

Nous tenons également à remercier la SODEC pour son appui financier. Gouvernement du Québec – Programme de crédit d'impôt pour l'édition de livres – Gestion SODEC.

 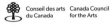

Catalogage avant publication de Bibliothèque et Archives nationales du Québec et Bibliothèque et Archives Canada

Séguin, Marc
Les repentirs
(Trois)
ISBN 978-2-7644-3527-4 (Version imprimée)
ISBN 978-2-7644-3528-1 (PDF)
ISBN 978-2-7644-3529-8 (ePub)
I. Titre.
PS8637.E476R46 2017   C843'.6   C2017-941345-7
PS9637.E476R46 2017

Dépôt légal, Bibliothèque et Archives nationales du Québec, 2017
Dépôt légal, Bibliothèque et Archives du Canada, 2017

Imprimé au Canada

MARC SÉGUIN

Les repentirs

Québec Amérique

À
Arielle Murphy

1.

Elle avait dit :

— «… d'abord les fissures deviennent des crevasses, qui deviennent un ravin… »

C'était il y a quelques années. Je m'en souviens comme si c'était hier. On était debout à attendre que les portes ouvrent devant nous. Une salle communautaire générique de banlieue. Qui pouvait servir autant de gymnase que de salle de théâtre. Beige et grise, décorée pour la soirée de bouquets de fleurs en plastique trop belles pour être vraies, de ballons blancs et de banderoles de satin avec des choux en tissu aux trois mètres. Elle n'avait pas fini sa phrase. On était entrés, les gens applaudissaient, et souriaient trop. Le maitre de cérémonie, un inconnu sans profondeur, avait crié au micro : « On accueille un couple extraordinaire, elle est extra, et lui ordinaire… on accueille ensemble Arielle et Marc ! » Les gens avaient ri. C'était normal.

Ça ne me dérangeait pas. J'avais pitié du gars. Ça ne faisait qu'alimenter ma rage. Et ma haine du monde. Normale depuis toujours.

Je m'étais marié pour elle. Je n'arrivais pas à lui dire non.

C'était avant que je comprenne véritablement la portée des mensonges. Je connaissais leur utilité depuis la petite enfance. Mentir m'avait gardé en vie.

C'était avant aussi que la déception normale d'une vie en apparence honnête et mesurée n'apparaisse. J'aurais dû me douter. La mère d'Arielle était une folle, sans intelligence, qui lichait des timbres comme si c'était un cornet de crème glacée et qui faisait un ragout de pattes de cochon tous les samedis depuis 1971, une lasagne tous les lundis, et qui arrosait l'asphalte et le *clapboard* des murs extérieurs de sa maison tous les samedis sauf l'hiver.

Elle vouait un culte aux produits qui tuaient les araignées et autres insectes domestiques et elle passait ses soirs de semaine à regarder religieusement des téléromans à la télévision. Pour sa mère, la vraie vie était un manque. Comblée par celles des autres. Elle racontait la même histoire de pamplemousse rose à chaque Noël : « C'était vraiment spécial, les pamplemousses roses, dans mon temps… quand j'étais petite… »

Je ne comprenais pas que la fille vienne de cette femme.

Je me souviens des seins d'Arielle. C'est d'abord pour ses seins que j'ai voulu me marier. Ses seins que j'avais touchés avant qu'ils n'apparaissent.

Aujourd'hui, malgré les cauchemars, et à travers les manques, il m'arrive encore d'y penser. À quatorze ans, on s'était retrouvés ensemble, loin du quotidien, un été. Un peu honteux, ni elle ni moi n'en avions parlé ensuite pendant l'année scolaire. On voulait éviter le jugement. Des deux côtés. Par le plus grand des hasards, ou peut-être pas, Arielle et moi, on s'était retrouvés au même camp de vacances, au Bic. On s'était souri, d'abord par gêne, mais rapidement l'envie d'être ensemble avait pris le dessus. On allait à la même école depuis plusieurs années.

On était ravis de passer une semaine de vacances d'été, ailleurs, dans le même groupe d'âge. Dans les mêmes heures. Loin de chez nous. Elle et moi, c'était sérieux depuis longtemps. Même les adultes le sentaient.

Arielle n'aurait jamais parlé des fissures et des crevasses à quatorze ans. Rien, ni personne, à cet âge, n'aurait pu prévoir ou deviner notre suite et cette trajectoire foudroyante. Je sais maintenant que c'est faux ; souvent la vie est une *track* invisible qu'on suit. Qui peut parfois nous guider en marge de la conscience. De notre conscience.

À quatorze ans, jeune femme – elle a eu ses premières règles à onze ans, l'été où notre ami Med est mort –, Arielle avait déjà une vie intérieure dense, trouble et inquiète. Rien de grave, mais loin de l'image tranquille qu'elle souhaitait qu'on voie. J'ai aussi appris plus tard dans ma vie d'homme que toutes les femmes ont des vies inquiètes et denses. Si certaines m'y ont donné accès, plusieurs ont préféré l'évoquer. D'autres se sont laissé deviner dans l'intimité.

Avec elle, c'était différent. Je savais qu'on irait loin. Cette fille ferait partie de ma vie coute que coute. J'avais besoin d'elle pour exister.

Quelques mois avant de se marier, j'avais dit :

— *Fuck* Arielle, si on est pour s'aimer longtemps pis faire un bout ensemble, tu vas me laisser entrer, ok ?

J'étais écœuré de ses larmes et de ses thérapies. Je détestais que ça soit devenu normal. Rien de grave mais je savais que, toujours, les larmes précèdent les mots.

— Parle-moi, ok ? À moi. Accroche-toi à mes yeux. On est ensemble, Ari.

Cette fois-là, elle avait ouvert. Elle m'avait raconté son enfance, son père qui tapochait sa mère, et toute sa famille qui se taisait pour que rien n'éclate. Un oncle aux mains longues. Un premier petit ami à l'université qui avait mal fait en forçant l'amour. Avoir su je l'aurais tué.

Ses troubles alimentaires. Le monde intérieur qu'elle entretenait, en se disant que la vie était belle malgré tout. Son estime. Sa confiance. Elle qui avait tenté de parler. Personne ne la croyait. Et pour la suite, encore pire, personne ne la croirait. Une suite de culpabilités. Une femme presque normale. Elle pour qui les mots, écrire et dire, étaient une rédemption. Elle pour qui les blessures, les coups et leurs traces, même enfouis, serviraient un jour son art.

— Tu peux me faire confiance. T'as pas à te venger des autres hommes avec moi.

On s'était parlé de vérités ce jour-là. On irait loin.

Ses seins donc. À quatorze ans. La première fois. Pendant cette semaine au Bic. Un soir, on s'était retrouvés dans une tente, dans l'attente; les moniteurs s'occupaient du feu et des guimauves. Tout était télégraphié. Suivre le protocole.

J'ignore encore comment ça s'est fait, mais je me suis penché sur elle, dans le noir, et nos bouches se sont touchées. Sans savoir-faire. Un premier baiser tout croche. Dans une position inconfortable, au milieu de sacs de couchage. Des longues secondes d'euphorie. On reprenait notre souffle. Trois fois de suite. C'était ça.

Au quatrième baiser, j'avais une main entre son chandail et sa peau. Une main qui avait monté. Elle avait laissé faire. Un soutif. Arielle n'avait presque pas de poitrine à quatorze ans. Je me rappelle avoir caressé doucement le rembourrage de son soutien-gorge. Et avoir imaginé le reste. Plus tard, autour du feu, elle s'était collée contre moi. Son chandail en laine avait des motifs de fleurs.

J'étais sans savoir tout son monde. Un abysse.

Insoupçonnée. Belle Arielle. J'étais si fier. On s'était rendus là. Même si je me sentais un peu coupable d'avoir glissé la main, elle aussi était fière. Elle m'avait dit plus tard. Elle pourrait vivre longtemps avec ce souvenir. On croyait devenir des adultes. C'est aussi ce qu'elle avait souhaité. « Je voulais tellement ta main sur moi. »

Au retour du camp de vacances, mes amis avaient demandé comment avait été ma semaine. Ils avaient appris pour Arielle aussi. Une trainée de poudre en feu à cet âge.

Par respect, je n'avais parlé que du *french*. Pas un mot sur ses seins. Dans cette retenue, la gloire s'était décuplée. C'était à elle et à moi. À nous. Comme une arrogance. Encore un secret. Un autre. Un beau.

Arielle et moi, on s'est bâtis profondément. Ça avait commencé à onze ans, avec la mort de Med, et ça s'était poursuivi jusqu'ici. Pour nous, plus on fouillait creux dans les sentiments, plus on se trouvait.

Elle et moi, on avait commencé au centre du monde. Une distance infinie. Sous les plus profondes des racines.

J'ignore si c'est requis dans la vraie vie des gens normaux, mais je sais que plus on va au gouffre, plus c'est solide. On était une mine. On a creusé dans le silence amoureux de longues années. Loin. Même quand on s'était perdus de vue après le secondaire, l'écho résonnait encore jusqu'au ciel.

Elle et moi, on est allés au séminaire. Une école privée qui n'acceptait les filles que depuis une dizaine d'années. Les garçons ne faisaient plus les ordres. La clientèle s'était éclaircie, les jeunes hommes sont allés ailleurs. La foi et son folklore aussi. La pensée s'est humanisée sur ce déficit sensible, d'abord quelques femmes, et les jeunes filles ont soudainement eu des droits.

Au primaire, je n'avais même jamais imaginé de différences. Hormis celles des cours d'école; avec leurs codes de jeux et les affinités naturelles. Rien pour moi n'avait laissé présager la réalité des femmes. Même si ma mère travaillait et s'était affranchie de certains automatismes, c'était à coup de sacrifices. Pour Arielle, le monde s'ouvrait.

On a fait cinq ans d'école secondaire ensemble. On s'est côtoyés, amoureux fantômes. Sans jamais l'être ouvertement. La semaine au Bic nous avait scellés. Mais en secret. Dans le fond de la terre. On s'est espérés de toutes nos forces. Convaincus par une certitude naturelle. Une onde. Comme celle qui annonce les trains et les séismes.

Je m'étais plusieurs fois demandé si j'étais obligé de l'aimer. D'où venait ce sentiment ? Et surtout : était-il vrai ? Malgré mon autisme de haut niveau, je devinais des sentiments. Des lames de fond. Telles des vagues que je voyais – croyais voir –, au loin.

Avec les années, de plus en plus, j'avais pour elle des envies qui n'existaient pas ailleurs. J'étais fasciné, et surpris. Jusque-là, je m'étais cru imperméable aux sentiments humains.

Je n'ai jamais vraiment eu d'empathie pour qui que ce soit. Mises à part ma mère, Arielle, et quelques peluches qui m'aidaient à m'endormir, dans l'enfance, tous les soirs. Et certains objets insignifiants, comme un oreiller, un chandail, une photo, ou un chien, que j'ai fini par tuer parce qu'il souffrait de dysplasie et que ma mère n'arrivait pas à le faire euthanasier, et qu'elle n'avait pas l'argent pour le faire.

Ce chien est resté un souvenir intense. De tristesse, je présume. Toute la nostalgie n'avait existé qu'avant de l'abattre. Aucun sentiment à partir du moment où je l'avais tiré dans l'oreille avec la petite 22. Je l'avais amené près du marais où on pêchait des grenouilles. En laisse. Une promenade normale. La carabine dans une poche de hockey. J'avais apporté des biscuits de chien. Récompense.

Jamais il ne s'est douté de quoi que ce soit. Il s'appelait Lou, un husky, que j'appelais Woofy. Lou s'était affaissé au sol comme une poche de sable. Un seul mouvement. Vertical. Mort. Le sang avait coulé de l'autre côté de sa tête. Lent et foncé. J'avais regardé quelques minutes. Tranquille. Fasciné par la fin de la vie. La scène était plus calme que je ne l'avais imaginée. Les émotions n'étaient pas celles appréhendées. Je m'attendais à autre chose. J'étais convaincu que j'aurais des larmes. Sincères. Des vraies. Une seule avait coulé. Enfin. Ça m'avait impressionné.

Je soupçonne qu'elle était apparue avant de presser la détente. Ou peut-être que c'était le pollen, ou la poussière.

Fallait gérer le corps du chien. Prévoyant, j'avais pensé prendre une pelle avec la carabine, mais le sol était trop rocailleux. J'avais creusé un peu, résigné. Après quelques minutes, j'avais trainé Lou par les pattes avant, la tête pendante, jusque dans cette moitié de trou, et je l'avais recouvert de pierres, d'herbes, de feuilles et de quenouilles. Je me souviens de m'être dit que la prochaine fois où j'aurais à abattre un chien, je le prendrais par les pattes arrière ; même à rebrousse-poil, contre le sol, ce serait plus facile.

J'avais croisé Arielle devant chez elle en revenant chez moi.

— T'es ok ?

— Oui, je viens de tuer mon chien.

Arielle n'avait rien dit de plus. Calme. Elle savait que je disais vrai.

On a fait les années restantes du secondaire un peu à distance. J'avais cru que les baisers du camp d'été suffiraient à nous officialiser. À quatorze ans, je savais déjà que ça prenait plus. C'était ok. On y arriverait.

On savait les liens. Invisibles et certains. Tout le monde savait qu'on finirait ensemble. C'était écrit dans le ciel. Arielle et Marc. Marc et Arielle. Fallait quand même se rendre jusqu'à la fin. Tuer le temps jusque-là.

Ma mère aussi s'en mêlait; elle me demandait, comme un métronome: «Comment elle va Arielle?» Je répondais qu'Arielle était une amie. Une vraie. Tous le sentaient. Jamais de pression.

Quand ma mère et elle se voyaient, la relation était simple. Sincère. Plus jeune, avant le secondaire, Arielle dormait parfois chez moi les weekends. Dans ma chambre. Comme un ami garçon. On parlait longtemps le soir, jusque dans la nuit. On regardait les étoiles, la lune et on inventait des histoires ensemble. Elle adorait.

Elle faisait simplement partie de nos vies. Que j'aie une amie fille rassurait ma mère. Si habituée à l'énergie de son garçon. Ça lui faisait du bien. J'étais heureux pour elle.

Tout a changé un jour de cette fin d'été 1981. Arielle a eu ses règles, et cette réalité d'amitié a disparu. Elle n'est plus jamais venue dormir à la maison. J'ai fini par saisir. Même si ça m'a pris des années. J'avais d'abord cru que c'était à cause de la mort de Med.

Je sais que je peux comprendre des choses très complexes en une fraction de seconde. Je n'ai par ailleurs jamais été très vite pour les circonstances évidentes. Les femmes, elles, savent. Et font avec.

On se voyait à l'école. Il n'y avait plus de railleries de nos amis pour le temps qu'on passait ensemble. Parfois, un nouvel élève relevait le fait. Puis tout rentrait dans l'ordre. Nous étions ensemble. Même si l'instinct amoureux n'était pas défini, on le devinait.

Au contraire des attentes, le sentiment entre elle et moi était ailleurs. C'est aussi un peu pour ça qu'on avait décidé de se marier d'une manière quétaine et prévisible; pour rassurer nos familles, sa mère un peu stupide, les amis et les autres. Elle et moi, ça faisait longtemps qu'on s'était promis. On s'était dit entre nous il y a longtemps. Restait à le dire aux autres, la famille et quelques proches, d'une manière facile à comprendre. Et ça m'avait sincèrement amusé de voir tous ces gens rassurés par la convenance.

Un jour, on a eu seize ans. Puis dix-sept. Arielle est partie étudier ailleurs. Pensionnaire. Un collège sports-études d'équitation. Je jouais au hockey, et elle, elle montait les chevaux. Selle anglaise. Dressage. Compétition. On a été séparés parce qu'elle aimait l'équitation. J'aurais pu détester les chevaux pour ça. Rien.

Séparés deux ans. Rien de dramatique. Les promesses aussi ont l'ampleur des âges. Il arrive que les vœux ne tiennent plus par eux-mêmes. Ils ont besoin d'aide. Surtout à l'adolescence. Je ne voulais pas l'imaginer avec un autre garçon.

Elle m'a manqué. De toutes mes forces, je l'avais souhaitée. De toutes mes forces, je faisais semblant qu'elle ne me manquait pas. Il m'arrivait de plus en plus fréquemment de faire semblant.

Ça me troublait. Parce que trop souvent, quand je souhaite un état ou des sentiments, j'y parviens. Pour me protéger, je ne voulais plus l'aimer. J'ai fini par le croire. Contre mon gré.

C'est un état trop connu : désirer le contraire de ce qu'on est, pour se protéger. Le plus souvent c'est par la fissure de la peur que s'immiscent les défaites.

J'ai passé deux ans, en apparence, à ne plus l'aimer. À me le répéter, jour après jour. Toutes les heures. Jusqu'à ce que ça fonctionne. Un jour, je ne l'ai plus aimée. Un vingt-trois mai. On avait dix-huit ans. On ne peut pas s'aimer dans l'avenir. C'est le défaut amoureux ; ça requiert le présent.

Les rêves finissent par s'user, même les plus beaux, à force de rester trop longtemps un état d'espoir.

Elle était revenue chez elle pour l'été. C'était une femme, je m'étais dit. Son corps. En avance sur le mien et sur la vie. À dix-huit ans, elle avait déjà le corps de sa vie de femme. Il était si loin l'été où on s'était embrassés une première fois, je m'étais dit, impressionné.

On s'était vus au parc de notre école secondaire. Un début de soirée. Il faisait chaud. On a toujours aimé se balancer dans les parcs publics. Ça a toujours été un lien entre nous, les balançoires.

Et celui des tourniquets, ce manège que je faisais tourner avec force, dans lequel elle montait pour me défier, et auquel elle s'agrippait pour ne pas être éjectée. Quand elle descendait, elle titubait, étourdie, comme soule. Je la trouvais belle.

— *Tchèque* comment je me sens, quand je veux que tu m'aimes, Marc…, elle avait dit ce soir-là.

Souvenirs d'enfance qu'on aura portés jusqu'au monde des adultes. C'est d'ailleurs à ce même endroit, des années plus tard, que je lui demanderais de m'aimer pour toujours.

— Suis ailleurs Ari.

C'est la seule moitié de vérité que j'ai été capable de dire ce soir du vingt-trois mai. Un aveu. Un début d'inquiétude. Je me souviens de ses yeux affolés. Muets. Les tremblements qu'elle avait peine à retenir.

Je l'enviais. Ses sentiments étaient beaucoup plus justes et vrais et vastes que les miens. Tout mon corps me disait de lui crier que je voulais être avec elle. Toute ma tête criait de lui tourner le dos. De ne pas être à la merci de mes sentiments. Parce que les sentiments, c'est pour les autres. Les faibles. Pas pour moi. Y a longtemps que je le savais. Ma condition. Nous n'étions pas encore des adultes.

C'est avec résignation, un jour, que j'ai décidé de tout lui dire. Longtemps après qu'on s'est mariés. Comme ça, un matin que rien n'avait annoncé. Tout avouer.

Dans le futur, une science-fiction, des années plus tard, j'allais revenir de New York. Abandonner cette vie ailleurs sans elle. Pour la retrouver. Pour toujours.

Mais ce soir de mai de nos dix-huit ans, Arielle est retournée dans sa maison seule, sonnée, en marchant voutée. Déçue. Je me souviens quand elle a tourné le dos. Je me souviens beaucoup de son dos. De ses attentes aussi. Surtout. Tout ça était clair pour elle. Nous. Depuis qu'on était petits. La route n'était pas tracée, on le savait, mais elle était là, devant nous. Projetée. À nous appeler. Comme un vertige attire les corps.

On avait aussi redouté la suite de cet été. J'avais peur. Plus qu'elle. J'ai toujours eu peur de la distance et du temps. Cette fois, je le sentais, l'âge adulte nous guettait. Celui qu'on ne peut plus repousser. Sans retour.

On s'était déjà dits. Elle irait étudier ailleurs, et j'irais loin aussi. Nos vies devenaient parallèles. Comme deux rails. J'avais peur. À cause de cela, lâche, j'avais décidé de l'abandonner et de la repousser.

Le lendemain de cette soirée, le vingt-quatre mai, je me suis cassé la jambe au hockey. Fracture du tibia et du péroné. Intervention chirurgicale. Un orthopédiste a tout remis en place, avec des plaques et des vis. Je jouais Élite. Midget AAA.

J'ai passé huit semaines alité. À réfléchir au destin. À le questionner. En tentant d'inventer un sens. À nourrir ma crainte. En me disant que la vie donnait des corrections quand on dévie de soi.

Des coups de barre. Un aiguillage. Comme un train. Des rails invisibles encore. Peut-être était-ce Med, mon ami mort, qui voulait me dire quelque chose? Je me rappelle avoir trouvé la vie étrange et affolante pendant quelques jours. J'ai commencé à être à l'écoute, et à me méfier des signes du destin à partir de ce moment. Parce qu'ils sont partout, je me disais. Peut-être n'étais-je pas encore conscient de la préséance des choses et du temps.

Je me suis fait opérer le soir de l'accident. On a réparé ma jambe en chirurgie orthopédique. Mon rêve de hockey s'est éteint. Je n'ai pas pleuré ; toujours eu une facilité déconcertante à accepter les circonstances de toutes les fatalités.

Même déçue et dévastée, Arielle a déjoué les contrôles et les heures de visite pour venir me voir. On m'avait donné un truc contre la douleur. Sous perfusion. Du Demerol. Je ne me souviens pas de l'avoir vue. C'est ma mère, le lendemain, qui m'a raconté sa venue. Un vague souvenir de les voir se faire un gros câlin, dans le corridor. Peut-être aussi que c'était un rêve. Un souhait.

Huit semaines à tenter de comprendre et d'inventer un sens à ce qui s'était produit. C'est comme ça, je me disais : le ciel me punit pour ce que j'ai fait. Huit semaines où mes pensées sont devenues insoutenables. Depuis, je déteste la létalité de mes rêves.

C'est aussi à ce moment précis que j'ai commencé à dessiner et à écrire véritablement. Un peu par désennui, et beaucoup par culpabilité. Peu importe. Tout ça s'est mis à faire du sens. Jusqu'ici. Aujourd'hui. Parce que j'en ai fait un état et une vie complète.

Les heures sauvages sont apparues. Un désir de solitude aussi. Et une rage. Je sais que tout ça était là avant.

Endormi. Du jour au lendemain, j'ai éteint la radio. Incapable de la supporter. Elle m'agressait.

Je me suis mis à lire. Ma mère ne lisait pas beaucoup, mais elle avait hérité de la collection de livres de sa mère à elle. Ma grand-mère. Fille et femme de fermiers. Une femme forte. Sans éducation, dont la seule fenêtre, hors d'elle et de son quotidien, aura été la lecture. Un refuge. Ou un mirage.

— Pour tant de femmes..., Arielle m'avait dit.

C'est l'été où les mots sont entrés en moi. Pour ne ressortir que des années plus tard. J'ai lu tout ce qui était cordé dans la petite bibliothèque en bois IKEA de merde de ma mère. L'ordre des livres était un ordre de formes. Les petits livres avec les petits. Les moyens avec les moyens. Les grands avec les grands. Un classement par ordre croissant.

Quand ma mère est morte, c'est le dernier meuble que j'ai défait, rangé et mis en boite; l'étagère et ses livres. Toujours dans cette suite de formats.

Dostoïevski, Anne Hébert, Soljenitsyne, Romain Gary, Marguerite Duras, Céline, Colette, Balzac, Malraux, Gide, Hemingway, un rare Michel Tremblay, un peu de théâtre, Marie-Claire Blais, Réjean Ducharme, Flaubert. Les livres avaient tous une odeur de poussière. Toutes les extrémités des pages étaient jaunies. Oxydées. L'encre, elle, durait. Arielle, plus tard, avait admiré cet excès de lecture. Elle m'avait envié.

— Peux pas croire que t'as lu autant de millions de mots en huit semaines.

J'avais fait le calcul: trois-millions-cent-deux-mille-vingt-trois mots. J'avais tout lu la bibliothèque, cet été de jambe cassée. Tout. Un après l'autre. Dans leur ordre de classement. Si au milieu d'une journée j'en terminais un, alors je prenais tout mon courage, descendais du lit, sur les fesses, et je rampais jusqu'au salon avec des béquilles. De là, en m'appuyant sur les meubles du salon, je me mettais debout, je replaçais le livre que j'avais entre les dents ou coincé dans le dos par ma ceinture, j'en prenais un autre et je retournais dans ma chambre. La jambe figée, légèrement pliée au genou, dans le plâtre jusqu'à l'aine. J'arrivais en sueurs, heureux d'avoir d'autres mondes entre les mains.

Seule exception à la lecture, parce qu'un moment donné les yeux piquaient ; c'était le dessin. Sur des feuilles huit et demi par onze. Des feuilles lignées perforées, pour les cartables. Crayon de plomb. Plus tard, dans quelques semaines – tel un présage –, avec de l'encre.

C'est aussi le seul moment de ma vie où j'ai écrit de la poésie. Un art simple, si vrai quand il est loin d'une carrière et d'attentes. Pauvreté de moyens. Un recueil complet. Je croyais que j'étais poète. J'en lis à chaque jour depuis cette année-là. Les poètes dérangent la symétrie ; c'est la seule poésie qui vaut la peine.

Et j'allais dérégler l'ordre. Ça, je le savais.

Je dois beaucoup de mon existence aux illusions. Les miennes, mais aussi celles des autres. Parfois se mentir devient la réalité de tout le monde.

C'est aussi dans cette illusion, celle d'Arielle plutôt, qu'on est redevenus amoureux. Un état attendu, et normal, enfin. Blessé, j'avais compris, et senti le besoin de conformité. Entre la volonté et le châtiment.

Jusqu'à aujourd'hui, homme adulte, je ne sais toujours pas le sentiment amoureux. J'ai fait autrement à travers toutes ces années.

À la fin des huit semaines, on m'a enlevé le grand plâtre à mi-cuisse, pour le remplacer par un plus petit, juste au-dessous du genou cette fois. Avec un talon de plastique. Je pourrais tranquillement recommencer à mettre du poids sur ma jambe et marcher. Une jambe toute petite, atrophiée par la contrainte.

Avec comme seule instruction du médecin d'aller jusqu'au seuil de la douleur, attendre quelques jours, puis recommencer. Ça, je comprenais. La douleur physique a beaucoup fait partie de moi.

La première journée de ce nouveau plâtre, mi-juillet, Arielle était venue à la maison. Elle suivait à distance ma convalescence, avec l'aide de ma mère. Elle voulait marquer l'étape. Elle a toujours été comme ça. Bienveillante.

Elle avait apporté un cadeau : une plume et un pot d'encre Pelikan. Une vraie plume, en métal, qu'on doit tremper et charger pour écrire. Je n'ai jamais demandé, mais je soupçonne ma mère de lui avoir dit que j'écrivais et dessinais beaucoup, même si je le faisais en cachette. Ce niveau d'attention et d'empathie que j'ai trop longtemps associé aux femmes m'avait émerveillé. Chaviré. Je ne l'avais pas vu venir et ça me troublait d'avoir manqué de présomption.

Arielle ne le savait pas, mais elle venait de bouleverser ma vie avec un truc à un dollar quarante-neuf. Le sol, le ciel et l'Univers venaient de s'ouvrir. J'allais devenir artiste. Un abime en moi.

Dans l'évidence, je ne le dirais à personne. Trop fragile. Une gêne de vulnérabilité, et la peur de dévoiler aux autres ce que j'étais véritablement. Ça prend le courage d'un fou pour être artiste.

Alors que l'été tirait à sa fin, mi-aout, j'avais recommencé à marcher un peu. Arielle partirait dans quelques jours pour sa dernière année de collège. Encore loin d'ici. De nous. Des soupçons de nous.

De mon côté, j'irais terminer ma dernière année de cégep en sciences de la santé. Un choix qui avait davantage plu à ma mère qu'à moi. En réalité, avant de commencer à dessiner, j'ignorais mon identité. Je suivais, docile, les voies tracées par les autres, et leurs envies. Pour moi.

L'école avait toujours été facile. Jusqu'à l'université, je n'avais jamais ouvert de manuels ni de livres scolaires. Élève modèle, et sportif, responsable dans tous mes emplois étudiants, j'avais compris le système. Le système était prévisible. J'ai eu de bonnes notes durant tout mon parcours académique. J'avais deviné le monde adulte. Sans effort. J'aurais pu me contenter du minimum. Mais une voix intérieure criait à tue-tête. Une voix qui ne s'est jamais tue. Je me souviens que le monde adulte m'avait déçu. Je n'en ferais pas partie. Pour rien au monde.

L'année suivante, première année à l'université, j'ai commencé à sérieusement apprendre ce qui est appliqué, et l'effort.

Le manque d'Arielle, cette distance, que je n'admettais pas, me poussait à me dépasser. J'ai détesté l'école autant qu'une fracture. J'aurais préféré l'amputation ; vivre avec la fiction le reste de ma vie.

J'ai fait avec la douleur. J'ai continué. Loin d'elle. Pendant cette première année en médecine, je passais plus de temps à dessiner et peindre, la nuit, qu'à étudier.

Une impression d'exister, soudaine et fulgurante.

Un soir de printemps, à la fin de cette première année universitaire, ma mère m'avait entendu. Je ne voulais pas qu'elle parle. « Laisse-moi finir. » Je voulais qu'elle écoute. Simplement. Encore paralysé par la honte de lui montrer mes œuvres, j'avais trouvé un peu de courage pour lui raconter, depuis la plume et l'encre d'Arielle, quelques années plus tôt, toute l'existence ressentie à tenter de faire de l'art. Elle avait souri, puis m'avait suggéré de m'inscrire à l'Université Concordia en art. Elle-même employée de cette université reconnue. Si j'étais accepté, je n'aurais pas à assumer de frais de scolarité. J'avais construit un dossier et un portfolio en quelques jours. Écrit une lettre d'intention aussi. Dans laquelle je nommais l'urgence. Dire. Nommer.

La lettre d'acception est arrivée un mois plus tard, mi-avril. J'avais souri, pour une rare fois dans ma vie. Naïf et profondément inquiet. À la vue de tous. C'était mon choix. Dans l'enfance j'avais appris à sourire aux bons moments, surtout sur les photos, pour faire croire aux gens que j'étais normal.

Cette fois, à vingt ans, c'était un vrai sourire. Comme tous les vertiges. Aspiré par le vide. La chute serait si belle. Ce vide, ce trou, qui m'a donné raison jusqu'ici.

J'ai fait les trois années du programme d'art avec la foi d'un curé. Je n'ai jamais été en retard une seule minute et j'ai gradué avec Honneurs. Je travaillais de jour, de soir et de nuit. Sans arrêt. Chaque minute était un miracle. J'ai découvert qui j'étais. Au son de Leonard Cohen et Richard Desjardins, avec la touche *repeat*. Dans le sous-sol *pas fini* chez ma mère, sur un congélateur. C'était ma table de travail. C'est là que j'ai vécu mes premières euphories. Penché sur le papier et la toile. Perché au-dessous de moi.

Le reste est une suite d'essais et d'erreurs. Un jour, en regardant derrière une fraction de seconde, j'ai réalisé qu'on disait que j'étais un artiste. Ce sont les autres, une fois puis une encore, qui finissent par dire le mot. L'état. On dit que je suis un artiste. Ça rassure tout le monde.

J'avais revu Arielle à la fin de cette première année en art. Elle avait regardé ce que j'avais fait et elle avait aimé. C'était tout pour moi. Sans lui dire, je cherchais son regard. C'est son manque qui me donnait de la force. Sa respiration, et le souffle qu'elle avait retenu plus que d'habitude. Ses yeux. Un mot.

Un soir, étudiant, j'avais un vernissage, elle a dit : « Te souhaite une belle soirée. » C'est là, à cette seconde, que je me suis mis à exister.

Son silence à mes œuvres serait ma mort.

Je n'arrive toujours pas à l'expliquer, mais elle et moi, on croyait très fort qu'on était toujours promis l'un à l'autre. Impossible à raconter sans frôler la fatalité. C'était pourtant suffisant.

À travers nos temps, on devenait des adultes.

J'ai passé trois années de jours et de nuits à exister pour elle, en secret. Un peu pour moi, certes, mais dans les doutes c'était à elle que je m'accrochais. Un peu aussi à ma mère. Mais de plus en plus, ma mère s'évaporait. Une autre femme la remplaçait. Je n'aurai, de toutes ces années jusqu'ici, été l'homme que d'une seule femme à la fois. Incapable d'être à deux.

À cette époque, même si on s'était réconciliés, Arielle et moi, on ne se voyait pas beaucoup. Elle, de son côté ; des études en littérature. Elle avait abandonné les chevaux pour les mots. Plus tard, ils reviendraient dans nos vies. Les deux.

Si on ne se voyait pas, ou peu, on s'espérait de plus en plus.

De mon côté, rien n'avait été promis. C'était pire que les serments ; on s'était pressentis. À la fin de ma troisième année de bac, Arielle était de toutes mes pensées. Dans chaque souffle. Elle me hantait.

Elle s'était mise à exister à chaque minute, chaque seconde, dans toutes les envies. Ça m'avait troublé. Jusqu'ici, je n'avais jamais eu besoin de personne pour exister. Je sais qu'un jour elle m'avait aidé, mais j'aurais su faire avec les suites tragiques de cet été 1981 sans elle. Une autre voie.

Le dix-neuf décembre de cette dernière année d'université en art, ma mère est morte. Dans son sommeil. Probablement un AVC. Causes naturelles. J'étais revenu à la maison pour le temps des Fêtes. C'est moi qui l'ai trouvée le matin, silencieuse, toujours au lit. Froide. Je me souviens de son avant-bras. J'avais eu le temps de me faire un café avant de m'inquiéter. J'avais frappé à la porte de sa chambre en croyant qu'elle avait un rhume ou une fièvre, et que ça expliquait son silence.

Elle était morte.

J'y avais vu un lien. J'ai toujours vu des liens, même sans sentiment, entre les bonheurs et les malheurs de ma vie. J'ai toujours cru que tout ça était relié. Une responsabilité que je n'arrivais pas à expliquer. Mon désir d'Arielle pouvait-il avoir tué ma mère? Aucune faute incombée. La réalité. Sans heurts. Une justice personnelle. Un arcane amoureux difficile à comprendre. Des liens qui nous échappent. Existe-t-il des correspondances invisibles entre tous les évènements de nos vies?

J'ai enterré ma mère. À peine un homme. Cette femme que j'avais rassurée et protégée depuis mon enfance.

Un lundi soir, trois jours après sa mort, je m'étais senti libre. Léger. Allégé plutôt. Ne plus avoir à couvrir. Ma mère est morte dans son sommeil. Le médecin qui a signé la déclaration de mort n'a pas cru nécessaire de pratiquer une autopsie. J'avais vingt-et-un ans.

Je m'étais dit que deux femmes ne pouvaient pas habiter en même temps, les mêmes heures. Un calcul d'enfant. Simple. Un pied dans le monde des hommes et un autre ailleurs.

J'ai gradué au printemps et l'été suivant, avec l'argent de l'héritage et des assurances, je suis parti à New

York. Une maitrise en art à Columbia. L'université Columbia était déjà une grande rumeur académique, jusqu'à Montréal. J'ai été admis avec l'aide de plusieurs lettres de recommandation et d'un portfolio d'œuvres crues et violentes. Et l'engagement de cent-mille dollars en frais de scolarité. Le prestige s'achète, et s'entretient. Dans ces années, avec un peu d'intelligence et d'ambition, un diplôme de Columbia était une garantie pour le marché de l'art, l'avenir et la spéculation.

On a été plusieurs à bénéficier de cette vague. Les modes sont obscures, mais elles existent. Certains les inventent. Si plusieurs jeunes artistes comme moi y ont pris part, le gage de la durée, lui, n'est pas inscrit sur un diplôme. Le monde de l'art contemporain appartenait déjà depuis une décennie aux financiers. Collectionneurs, spéculateurs et banquiers avaient commencé à contrôler le marché et la pensée institutionnelle. Le marché de l'art est manipulé, le plus manipulé de la Terre. En faire partie est facile. Il y a des codes qu'on accepte, ou pas. Les règles du marché de l'art ne sont pas mystérieuses.

Mais faire de l'art véritable à travers elles est un exploit.

Je me suis installé à Brooklyn et m'y suis fait un début de vie. Arielle est venue me rejoindre deux fois la première année. Tout était facile avec elle. Simple. Nous n'étions pas un couple, même si on s'aimait, je crois. J'apprivoisais un sentiment. Un amour qui n'était pas obligatoire. D'où sa difficulté à envisager l'avenir.

Je n'étais bon qu'au présent.

On nous impose très tôt un modèle amoureux : être en couple, s'endormir et se réveiller ensemble, une maison, imaginer une famille, avoir des projets communs, penser aux jours plus loin. D'autres mensonges.

J'avais un début de carrière avant de graduer de Columbia. Les galeries et le milieu avaient décidé que les jeunes artistes seraient les vedettes de l'art contemporain. J'ignore encore comment je suis parvenu à traverser ce monde et ces années sans perdre la tête et sans me fracasser l'âme sur les mirages.

J'y ai par contre affiné ma misanthropie et la haine du monde.

J'ai visité toutes les grandes villes américaines et européennes en accompagnant mes œuvres en expositions. J'ai tout vu des vices et des travers du Grand Monde Libre. On m'a offert des femmes, des voyages, des villas, de la drogue, de l'argent, des armes, des voitures. J'ai repoussé toutes les limites de mes envies. J'ai réussi à m'en inventer. J'ai dit non cent fois à des gens sérieux et à leurs idées factices du bonheur. Et j'ai résisté très fort au cynisme. Même celui nécessaire à la survie.

C'est là que j'ai su que j'étais dans la marge de la nature humaine. Je ne comprends pas pourquoi je ne me suis pas suicidé. Tout y était. J'aurais facilement pu croire que j'étais important et nécessaire.

J'ai eu des aventures avec des actrices et des chanteuses américaines. Aujourd'hui, quand elles viennent à Montréal pour tourner des films, ou en spectacle, on se voit encore. Kirsten, Scarlett, Jennifer, Lana. Des femmes immensément intelligentes, quoi que ce monde d'images puisse en dire ou promouvoir. Le manque d'intelligence vient des promoteurs, des publicitaires, et des gens qui écrivent pour divertir les masses. C'est dans les lieux communs que l'économie triomphe.

Un jour, une jeune femme de San Francisco a réussi à me joindre, par courriel. Elle connaissait ma date d'anniversaire. Son message, avec des photos d'elle, disait qu'elle était venue à New York pour s'offrir à moi pendant une semaine. Cadeau de fête. N'importe quoi. J'ai eu peur. Et d'autres histoires. Mon aversion s'est décuplée.

Alors j'ai commencé à écrire un premier roman. Me rattacher, coute que coute, à ce souvenir heureux de la lecture, l'année de cette fracture à la jambe. J'ai eu besoin de balises. N'en déplaise aux belles volontés, ni l'amour, ni ses dérivés, n'ont été de renfort.

J'ai commencé à implorer, en silence, l'aide de ma mère morte, pour continuer. «Aide-moi maman, stp», je disais. Je l'avais beaucoup rassurée de son vivant, alors j'ai demandé, pour moi cette fois.

Je sais qu'elle a tout donné comme mère, dans mon enfance, mais là, c'était ailleurs. Je ne pouvais pas demander à Arielle. Rester prudent. Ne pas l'inquiéter. Elle, mon asile.

Plutôt demander aux morts. Ça s'est avéré une solution plus simple que de parler aux vivants. Les gens vivants sont si compliqués.

Ma mère est devenue un fantôme. D'abord au sens figuré. Comme on s'adresse au ciel. Une prière ou un vœu. Puis un jour, en plein jour, elle est apparue. Translucide. Devant moi. Cette première fois, elle n'avait pas parlé. Mais j'avais senti ses pensées. J'étais encore couché, un matin, bien installé et paresseux, je rêvassais les yeux ouverts en fixant le plafond. Elle était au pied du lit, debout, et me regardait. J'avais trouvé ça normal. Dans l'ordre.

Je n'ai jamais cru aux fantômes. Plutôt du genre à me moquer de ceux pour qui ils étaient vrais. J'ai toujours pensé que c'était une invention des esprits faibles pour se rendre intéressants. Surtout ceux qui y croyaient. Comme ceux qui lisent l'horoscope et forcent l'accordance des liens qui, autrement, n'existeraient pas.

C'est si simple de croire à la magie quand le quotidien est générique. J'avais appris, avec les pulsions d'art, le besoin de magnifier nos vies. Survie oblige. On a besoin de cet ailleurs. Ça fait partie de notre essence. Pallier le manque.

Je n'avais toujours pas versé une larme depuis la mort de ma mère. Étrange, je m'étais dit. J'aurais dû avoir cette émotion. On nous la montre partout et elle semble prescrite quand on est normal. C'est la première phrase que je lui ai dite ce matin-là : « Pardonne-moi de ne pas avoir pleuré. »

J'avais certes réprimé une montée de sentiments quand son cercueil en bois était entré dans l'incinérateur, sur une sorte de convoyeur à rouleaux métalliques. Une énorme porte lourde, en métal aussi, et automatique, s'était refermée. C'est là que j'avais peut-être ressenti quelque chose. Ça m'avait impressionné. Son corps disparaitrait à jamais. Selon ses volontés ; elle voulait que brulent, meurent et disparaissent ses foutues cellules, celles qui l'avaient tuée, convaincue qu'elle mourrait d'une maladie comme le cancer. Elle avait prévu se venger. J'avais trouvé ça beau.

Je me souviens d'un grand bruit de soufflerie. À travers la petite vitre dans la porte en fer, des flammes. C'est tout. La suite à mon insu. Un employé attendrait que le four refroidisse et ramasserait les cendres. Je m'étais imaginé un balai. Peut-être était-ce une sorte de balayeuse?

Le lendemain, on m'avait remis une urne. La moins laide des boites sans âme qu'on m'avait montrées. J'en avais choisi une avec une fleur, on a toujours aimé les fleurs elle et moi; une rose blanche embossée. Son nom et des dates gravées.

Je l'ai toujours. L'urne est scellée en dessous avec une vis. Les cendres de ma mère sont dans un sac de plastique à l'intérieur. Voilà qui rend encore plus troublant ses apparitions fantômes où elle avait toujours un corps.

Je ne l'avais dit à personne. Jusqu'à aujourd'hui. Car j'ai fini par m'habituer. Ses apparitions, quoique surréelles, ont été si fréquentes qu'elles sont devenues normales. Les premières fois, je sursautais. Apeuré. Surtout quand je devinais sa présence, au détour d'un regard, dans un miroir, dans le reflet d'une fenêtre. La nuit, j'en avais parfois des frissons. J'étais heureux d'avoir enfin des sentiments.

— Maman, arrête stp, j'ai le cœur qui fige chaque fois.

— Comment tu veux que j'apparaisse?

— Laisse-moi t'appeler, ce sera plus simple.

À partir de ce moment, tout a été plus facile. Je m'assurais qu'il n'y avait personne dans la pièce, l'atelier ou la maison. Les gens auraient eu peur. Je lui dois beaucoup, à ma mère morte. C'est à elle que je dois la majorité des idées de mes séries de tableaux, sculptures, et autres projets de ces premières années d'artiste.

C'est aussi à partir de cette époque de mère-fantôme qu'Arielle et moi on est devenus un vrai couple. Aucun lien entre les deux. J'ai toujours détesté la psychologie freudienne. Ça faisait longtemps que j'avais géré les différences entre les rôles des femmes dans ma vie. Aucune ambigüité entre celle que j'aimerais et les autres. Même si c'était louche, l'une n'a d'ailleurs jamais remplacé l'autre. Concours de circonstances.

J'allais bientôt revenir au pays, après des années de grands vents, je m'étais calmé, rappelé à l'ordre par mes sources. Et par elle. Arielle.

Probablement aussi par une envie de laisser des traces. Les œuvres ne suffisaient plus. Au final, elles ne m'auront pas suffisamment rassuré. À la droite de mon nom, sur les œuvres, je signe l'année. Inquiet du temps. Assiégé par son affluence. Son débit. Le temps torrent. Ça faisait longtemps, depuis la mort de mon ami Med en 1981, que j'étais obsédé par le récit des signes qu'on échappe derrière soi, par ceux que l'on fuit et par ceux que l'on sème. Je crois que c'est aussi pour ça que je suis devenu peintre. Pour les peintres les passés sont physiques.

Je me suis souvent imaginé comme un immigrant; avec ce besoin de me dessoucher et de prendre racine ailleurs.

Et par les traces qu'on laisse.

Et par celles qu'on ne laisse pas.

Je n'arrivais pas à concevoir qu'on puisse ne rien intailler au passage. J'aimais beaucoup les empreintes. Comme celles sur la peau, laissées par une bretelle de soutien-gorge ou par l'élastique de taille d'un pantalon. Un jour, Arielle s'était couchée sur moi. J'aimais sentir son poids sur mon corps. Ça me rassurait et ça me calmait. Elle avait gardé sa brassière. Quand elle s'était relevée, elle avait un bouton de ma chemise imprimé sur le haut de son sein gauche. J'avais passé mon doigt dessus en souriant. J'avais joui entre ses seins, et sur son soutif. C'était encore humide une heure plus tard. Simone Pérèle. Les lettres SP roses, brodées à même le tissu. 34C. Arielle Murphy. « Sarielle Purphy », j'avais dit avec un sourire en touchant du doigt ses dentelles. Elle avait fait un son heureux et ses yeux étaient amoureux.

J'adorais l'odeur de mon sperme sur elle. Entre la truffe noire et le chlore. Une odeur humaine et sauvage. Telle une ancre. À travers son parfum. Elle était à moi. J'avais ce besoin, tout petit besoin, de temps en temps, d'être un animal. En vie. Elle le savait. Heureuse et rassurée de cet état. J'ignore pourquoi. Un besoin de tendresse et de violence humaine. En même temps. « Prends-moi Marc, prends-moi fort… »

J'apprenais à être vivant.

C'est aux funérailles de ma mère que j'ai compris le courage dont j'aurais besoin pour être en couple. Une évidence. Soudaine. J'ignore pourquoi, mais on dirait que tous les évènements de ma vie devaient s'équilibrer. Un manque – un surplus. Un bonheur – un malheur. Une bonne nouvelle – une mauvaise.

C'est un fait qui manque de sens. Pourquoi cet équilibre funambule? Arielle est une balance. Née fin septembre. Pour elle, je comprendrais. Mais pour moi?

J'ai cherché profondément à comprendre si c'était un vœu que j'avais fait, plus jeune. Du genre de ceux qui se réalisent. J'ai toujours eu peur de mes souhaits.

Pourquoi avais-je pu penser que ma vie serait plus signifiante ainsi? Dans ces attentes? Après un malheur viendrait le beau temps. Après trop de beaux moments, je redoutais l'orage. Pendant des années, j'ai préféré être dans la moyenne. Ne pas vivre de trop grands sentiments, pour ne pas provoquer les autres. Ceux qui font mal.

Je déteste les gens qui disent que rien ne se perd, rien ne se crée. J'en suis la preuve contraire. Autour de moi, malgré les apparentes beautés, tout se perd. Tout.

Je n'ai jamais vraiment été inquiété par mon état affectif, autrement que pour faire semblant que j'en avais un, pour rassurer les autres. Surtout pour apaiser les autres. Faire en sorte que ça semble conforme. Mon absence de sentiments était normale. Je n'avais rien connu d'autre. Je suis aussi daltonien et ça fascine les gens que je sois peintre.

L'inexistence de mes émotions ne m'a jamais semblé être un problème. Je percevais que pour les autres, oui. C'était une crainte pour plusieurs. J'avais donc appris, dès la petite enfance, à faire semblant d'être triste, heureux, déçu, fébrile, envieux, jaloux, amoureux. Et toutes ces dispositions, et toutes ces consciences qui font la somptuosité des vies humaines.

J'avais appris à révéler des états prévisibles. Inventer la confiance aux autres. Inspirer l'illusion. Je voyais clairement le besoin. Tranquilliser les gens sur ma nature. Ne pas les inquiéter. Ne jamais les inquiéter.

Alors j'ai appris à jouer toutes les émotions et tous les sentiments. À deviner, prévoir et mimer les attentes.

Je passais de longues heures et beaucoup de solitude à définir et trouver les meilleures réactions, pour chaque condition. Tant que j'étais seul, j'étais libre. Ce n'est qu'en situation sociale, et pour quelques relations intimes, que je devais m'inventer. J'étais très fier, au début, quand ça fonctionnait.

Un jour, je me suis habitué. J'ai cessé de parler, c'était plus facile, et suis devenu d'une grande écoute. J'ai continué d'entretenir ma sauvagerie en écoutant les autres, et leur besoin contemporain, sans limite, de toujours parler. Pour se définir, plusieurs ont l'illusion d'exister quand ils parlent. Dans le fond, tous ces gens qui se bégayent d'eux me font chier. Je les trouve inutiles. Ils crient leurs existences à tue-tête dans leurs miroirs.

On a beaucoup admiré cette capacité que j'avais d'être empathique. De poser quelques mots seulement à la fois, et surtout : de voir à travers les gens. Pas le choix. Comprendre l'autre et savoir se comporter en relation sociale a été la base de ma survie. On n'a jamais su ma détresse. Personne n'a perçu cet éloignement de la réalité. La fissure. Arielle, oui.

On a plutôt admiré mon humanité, et l'intelligence sensible que j'ai feintée.

J'ai dû apprendre à lire les gens. C'est la lecture, les mots, qui m'a le plus aidé – les grands auteurs savent inventer des réalités, et on les croit.

C'est beaucoup par la mémoire que j'ai réussi à me rendre jusqu'ici. Ma mère fantôme aide toujours, certes, mais c'est grâce à mes souvenirs que j'ai tranquillement appris à aimer. Du moins à m'en approcher. Contre mon gré. En croyant que l'amour était une invention.

La lecture des corps aussi peut aider à contrefaire. Les yeux qui brillent ne mentent pas. On ne dit pas la même chose aux yeux qui brillent qu'à ceux qui sont vides. Il y a toujours un moment, une seconde précise, où on peut faire une promesse. Peu importe l'immensité ou l'indécence, la vérité ou le mensonge, il y a des serments qui font avancer.

Faire de l'art m'a sauvé. Parce que ça ne ressemble à rien. Créer est à l'abri des codes sociaux. Surtout en peinture. Loin des mots. Surtout ceux qu'on utilise pour nommer, parler et se définir. À distance des attentes d'un langage qui nous réduit tous.

Peindre aura été ce qui se rapproche le plus de ma pensée ; une séquence imprévisible d'affirmations – d'existences –, et un saut dans l'avenir de ce qu'on est déjà. Une troublante inquiétude. Un monde opposé.

La seule personne à qui j'en ai véritablement parlé, c'est Arielle. Arielle la femme des Lettres. Qui faisait aussi du théâtre. Mais qui demeurait tributaire et prisonnière du langage des mots. Ceux des autres.

Elle écrivait tous les jours. En dessous de tout. Capable de nommer avec précision les détails intimes, les racoins et les profondeurs de sa pensée.

Un soir, à New York, alors qu'on faisait l'amour, ma mère-fantôme était apparue dans la chambre. Arielle me chevauchait. Ma mère derrière elle, au pied du lit. « Va-t'en ! » j'avais imploré. Je l'avais dit à voix haute.

— Qu'est-ce que t'as dit ?

— Rien, rien, j'arrêterais le temps, j'avais chuchoté.

Ma mère avait disparu.

Mais Arielle était inquiète. Je l'avais deviné. Ses yeux.

J'avais joui.

J'étais couché. Sa tête sur mon bras gauche. Nos respirations ralentissaient. Les corps aussi. Apaisés.

— Arielle… ?

Elle avait posé sa main sur mon sexe, en signe de réponse. Sa chaleur. J'aurais passé le reste de ma vie comme ça. J'avais dit :

— Je vais revenir chez nous… j'aimerais ça qu'on vive ensemble. T'es la plus belle femme du monde.

C'est comme ça que je suis revenu au pays. Juste après un orgasme.

Sur ma poitrine, des larmes. Elle avait relevé la tête pour m'embrasser. Ses yeux étaient beurrés de mascara. Ses lèvres goutaient le sel.

« Arrête de brailler, t'es fatigante, sinon je reviens pas. » Il me fallait gérer le malaise. J'aimais beaucoup quand elle pleurait. Je crois que j'étais heureux.

C'est probablement l'évènement, dans ma vie, qui s'est le plus rapproché d'une envie amoureuse. Même si je savais que je le faisais pour elle.

Depuis ces heures, j'ai été fasciné par l'amour. J'ai voulu croire que c'était un vrai sentiment. J'ai voulu l'approcher. Même si, jusqu'à ce jour, je sais maintenant, je n'ai jamais réussi à me laisser aimer complètement. Par personne. Pas même par Arielle. Avec qui j'allais faire une vie. Se souhaiter. Je ne suis jamais parvenu à me laisser aimer. J'ai pourtant tenté, de toutes mes forces. Avec sincérité.

J'ai tant voulu me laisser aimer. Sentir le sentiment. Ça m'avait semblé possible, ces premières années. J'étais revenu de là-bas. On s'était installés ensemble. Une maison de ville. Dans un beau quartier de Montréal. De l'extérieur, tout semblait vrai.

J'ai résisté fort, en moi, à la haine des autres. Après tout ce temps, New York avait épuisé ma miséricorde. Ville de fous. C'est l'endroit le plus exigeant du monde. Dès qu'on cligne les paupières, on se fait doubler. Si au départ, j'avais été fasciné par sa lucidité et ses cris, quelques années plus tard, c'est de silence dont j'ai eu envie. C'est aussi l'endroit le plus autiste au monde. Ça use une vie. Culte de la personnalité aussi. Où il est commun et facile de confondre un clown vide en déficit d'attention avec une rigueur d'artiste. Triste constat d'une civilisation qui aura inventé le narcissisme et sa technologie.

Un endroit où il est coutume de croire que l'art institutionnel et riche est supérieur. Alors que pour moi, le geste créateur n'est pas lié à ces codes, j'avais eu les deux. J'étais déçu. Les antichambres sont fallacieuses.

La dernière série d'œuvres que j'avais peintes à Brooklyn avait pour sujet le repentir. Dans l'histoire de la peinture, le repentir est une partie du tableau recouverte en cours de réalisation ou même très longtemps après, pour en modifier le sens. La série montrait des portraits d'hommes et de femmes arrêtés et condamnés pour meurtre. Sur lesquels j'intervenais en effaçant une partie des visages avec de la térébenthine. Puis je repeignais par-dessus. La trace du repentir racontait plus que la certitude et son intention. Je montrais l'intention.

Parfois, la lumière peinte est plus juste et belle que la vraie. Embellir nos vies génériques. Exister dans ce geste volontaire.

Revenir vers Arielle, à Montréal, m'avait semblé normal. Surtout, ce besoin d'amour véritable, que je devinais. Soupçonnais. J'avais d'abord été un peu inquiet de ce sentiment. Comme s'il voulait exister. D'un côté, ça me réjouissait, et de l'autre, j'en tremblais. L'amour est un état dont je me méfiais. Et dont je me garde encore. Je m'étais promis que personne ne parviendrait jamais à me laisser être aimé.

Ma mère n'a jamais vraiment été un fantôme. Je le savais. Mais j'adorais l'idée de la faire apparaitre, telle une conscience. La première. Celle que j'avais protégée. De moi. Surtout de moi. Je me suis mis à trouver des idées ailleurs.

J'étais loin d'être fou, mais j'aurais pu le faire croire à n'importe qui. En sachant pertinemment que parfois, et même si elle passe par une fissure, comme la lumière ou une couleuvre, il est parfois préférable de retenir la vérité.

Souvent, les soirs tranquilles et lents, Arielle me faisait la lecture. J'aimais l'écouter. Je pensais à mille choses en même temps. Parfois aussi, quand elle faisait une pause, j'embrassais sa peau quelque part, un genou, un bras, son ventre, ou je lui disais que je l'aimais. Je caressais ses cuisses, ses joues, et ses yeux insistaient. On s'embrassait de longues minutes. Nos corps se révélaient. Souvent, à partir de là, on faisait l'amour. Je choisissais toujours un moment où elle ne s'y attendait pas. Je sais qu'elle aimait.

Tout ça aussi, c'était appris. Toutes mes envies venaient des siennes.

Je me suis pourtant donné de véritables chances. J'ai voulu avoir des émotions. Des vraies. J'ai tout invoqué. Comme ce qu'on souhaite dans l'absolu des beaux présents. Ceux qui deviennent des souvenirs. Une fois, je me rappelle, on se mettait souvent au défi en se posant des questions auxquelles il fallait répondre, j'avais été touché par un moment :

— C'est quoi ton histoire préférée d'enfance ?

— Une fable, elle avait dit. Et tout mon corps avait voulu la prendre sur-le-champ. J'adore les fables. J'avais relevé sa robe sans rien demander, je l'avais plaquée dos au mur et je l'avais soulevée. Prise debout.

Dans mes bras. Ses jambes autour de ma taille, qui serraient. Moi, de grands coups, profonds. Belle violence amoureuse. Quelques minutes plus tard, elle s'était assise sur le divan, les genoux remontés contre sa poitrine, avec le sperme qui coulait entre ses cuisses, sur sa robe, sans en faire cas, elle avait raconté calmement.

L'histoire d'un homme, profondément amoureux d'une femme magnifique, à qui il avait demandé, pour lui prouver son amour, ce qu'elle désirait le plus au monde. « Le cœur de ta mère », la femme avait répondu. L'homme aimait beaucoup sa mère et lui avait raconté la demande insensée de son amoureuse. L'amoureuse lui avait promis un amour éternel s'il lui rapportait le cœur. La mère de l'homme, inconditionnelle, avait accepté que son fils le lui prenne. Il le lui arracha et elle mourut. L'homme s'était empressé de porter le cœur sanglant et toujours chaud jusqu'à sa belle. Il courait très vite. En chemin, il trébucha, et le cœur tomba en bas d'une falaise. L'homme descendit jusqu'au fond du ravin et retrouva le cœur. Au moment de reprendre la route, la voix de la mère se fit entendre à travers le cœur et demanda : « Dis-moi que tu ne t'es pas fait mal, mon enfant. »

On n'en avait pas parlé. Ça n'avait rien à voir avec la psychologie des relations mère-fils-amoureuse. Pas de psychanalyse ni d'Œdipe ici. On était à des lieues de là. Arielle et moi, c'était ailleurs. Sa fable m'avait obsédé pendant des semaines. Venue de nulle part. Je l'avais trouvée belle. Il m'arrivait parfois de croire, ou du moins espérer, que de véritables sentiments me viendraient un jour. Les sentiments, c'est comme les prières je me disais; si on y croit assez, il est possible qu'on s'en contente. Ces minutes sont devenues importantes. Comme une vie qui explose avec raison.

Alors j'ai laissé couler les mois et les années dans cette attente occulte. Je me suis construit une vie de façades. Une maison, une voiture, un avenir. Une nuit d'insomnie, seul, je m'étais surpris à imaginer la vieillesse avec elle : le temps lent des gestes. Les chaises qui deviennent importantes. Les tisanes. Les silences.

Ça m'avait un peu consolé. Arielle et moi, on avait souhaité une famille quelques fois. Une suite. Faire comme il se doit. J'ai tenté très fort de croire à tout. Être un homme amoureux. Un citoyen normal. J'ai fait semblant. J'ai rempli toutes les conditions. Avec brio. J'ai cru qu'en jouant tous ces états, ils finiraient par exister. Parfois quand je voulais être triste, je l'étais.

J'ai fait beaucoup d'efforts pour m'incarner. Avec foi et diligence. J'ai rempli toutes les conditions de succès social. On m'a cru. C'est trop facile, je m'étais dit. J'avais aussi appris à sourire avec gêne et sincérité. On me trouvait charmant. Pourtant, la dernière fois où j'avais véritablement souri à quelqu'un, c'était à elle, j'avais onze ans. Un ravin depuis.

Les années passaient. On me croyait de plus en plus. Je rassurais les gens. De leur humanité. La mienne m'échappait.

J'avais autant d'âme qu'un paratonnerre.

J'étais revenu au Québec depuis plusieurs mois. On avait emménagé ensemble. Arielle enseignait la littérature à l'université et à l'École nationale de théâtre, comme chargée de cours. Elle écrivait beaucoup. Elle était douée. Pas encore publiée, mais ça viendrait. Elle me faisait parfois lire ses textes. J'étais admiratif. Sincèrement. Ça, je le pouvais. Les mots avaient une emprise sur moi. J'y étais sensible.

— Tu dis?

— Tu veux vraiment savoir?

— Oui.

J'étais sans pitié. Pas de quartiers. C'est comme ça avec ceux que j'ai décidé d'essayer d'aimer. Je suis sincère. À défaut des mensonges de sensiblerie: la vérité. Elle pleurait. Encore. Mais depuis les années, j'étais habitué aux larmes. Je lui disais la vérité: trop d'adverbes, ta mère ne peut pas parler comme ça, tes temps d'action sont confus, le passé composé n'est pas juste, il est plus loin dans le temps que l'imparfait de la scène que tu décris. Elle se taisait quelques secondes puis elle pleurait et se trouvait moche. Le soir, elle revenait avec son texte. Cent fois mieux. « *Tchèque*-moi ben aller », elle disait.

Parfois aussi, à travers elle, j'apprenais beaucoup. Arielle avait une intelligence émotive qui me foudroyait. Elle était à des années-lumière d'avance sur moi.

J'avais dit:

— Tu sais ce que j'aime de l'écriture... des fois, chez les écrivains les plus humbles, c'est comme la peinture, on peut toujours revenir, corriger et changer des trucs. Quand on pense que c'est terminé, on doit recommencer. Encore. Et recommencer.

«Les écrivains paresseux n'écrivent que pour eux, ils se foutent de la survie sociale », elle avait dit.

Dans toutes les formes d'art, il faut comprendre ce que l'on veut dire. Puis trouver, parmi mille phrases, celle qui nous dira le mieux.

— Je t'aime.

— Moi aussi, je t'aime Ari.

C'était presque vrai. Si je n'étais pas convaincu, je le souhaitais. Parfois c'était assez. Même si les souhaits ne sont que des moitiés de réalités. C'était mieux que rien, je me disais.

Il y a des jours où je détestais mon optimisme.

— Tes larmes ne me font pas peur.

Je mentais. J'ai fait semblant que non, mais j'avais peur. Si pleurer pour moi était une émotion quasi inconnue, j'avais appris que c'était de la tristesse ou une douleur chez les autres. Un jour, j'ai compris que c'était aussi une soupape. J'aurais aimé le savoir un peu plus tôt. Ça aurait allégé la suite.

— Viens.

On était sortis. Juin. J'étais revenu pour de bon. Le même parc de nos dix-huit ans, la fois où je l'avais abandonnée. Des balançoires. Côte à côte. Le bruit du métal. Je ramenais les jambes sous moi quand le mouvement partait vers l'arrière, et dépliais les jambes vers l'avant, à quatre-vingt-dix degrés, quand ça repartait vers l'avant. Mes mains serraient les chaines de toutes leurs forces. Le vent contre la peau. Je rêvais de faire un tour complet. Et un autre, jusqu'à plus de chaines.

— Arielle, c'est simple ok, j'aimerais ça faire le reste de ma vie avec toi... suis pas doué pour les demandes, mais c'en est une.

C'était pas assez de revenir. Elle souhaitait plus. Je le sentais.

Elle n'avait rien dit. Elle s'était mise à pousser de toutes ses forces et à se balancer encore plus haut que moi. J'ai cru qu'elle voulait s'envoler. Je trouvais ça beau et violent. J'ai eu peur, je me rappelle. C'était la plus belle femme du monde. Arrêté depuis plusieurs secondes, à la regarder. Elle a cessé ses élans, immobile, les jambes croisées sous la selle de bois, elle a ralenti en laissant aller le mouvement. Je la regardais de côté. Ses larmes avaient commencé à sécher. Des traces blanchâtres horizontales. Sur ses tempes. Comme quand elle pleurait au lit, couchée sur le dos.

Quand la balançoire s'est arrêtée, elle souriait. On s'était tournés, face à face, toujours assis, et elle avait pris ma main dans la sienne.

— Ok Marc.

On a décidé de se marier. Plus pour elle que pour moi. Ça ne voulait pas dire grand-chose. Je ne faisais aucune différence entre le fait de l'être ou pas.

On aurait pu avoir la plus grande cérémonie du monde. Comme ceux qui se marient devant et pour les autres. N'importe où sur la planète. J'avais cette liberté de moyens, sans limite, grâce à l'argent.

On a choisi de le faire dans son village natal. Dans une salle communautaire. J'ai trouvé ça plein de sens. Comme si c'était la vraie vie. Celle des gens normaux. Celle que l'on trouve belle par défaut. Il y a des règles à respecter quand on veut que les gens nous croient. Ça je savais.

Je crois, aujourd'hui, que j'ai véritablement aimé Arielle Murphy. Je ne suis pas sûr, mais j'ai un doute raisonnable de le croire. Par contre, je suis convaincu que je n'ai jamais réussi à me laisser aimer. Toujours pas capable, et pourtant devenu un homme depuis longtemps. Toutes mes envies achoppaient. Je ne suis jamais parvenu à m'abandonner au sentiment. J'ai continué de faire semblant. Pour ne pas l'effrayer. Pour ne pas qu'elle se sente coupable. Pour ne pas qu'elle pleure trop. Pour ne pas qu'elle soit déçue. Pour ne pas qu'elle regrette sa vie. Pour ne pas qu'elle me déteste. J'avais cette responsabilité. Ça faisait partie de nous. Je nous tenais. Par-dessus tout.

Au-dessus du vide.

L'art a continué de compenser pour toutes les sensibilités normales auxquelles je n'avais pas accès. C'est par procuration, et dans l'existence des autres, que j'ai forgé la mienne. Des années consacrées à la création. Le fil invisible qui aura gardé ma vie en lieu sûr. Une forteresse. Contre moi.

— Tu portes plein d'histoires, Marc.

On était enlacés, au lit. Milieu d'après-midi. Ça m'avait frappé. C'était mon quotidien. Que jamais je n'avais su dire. Trop aspiré par la noirceur de vivre, ses cris et ses murmures. J'aurais aimé ça être normal.

Mille fois j'ai souhaité être un ouvrier, avec un horaire de quarante heures semaine. Trois semaines de vacances par année, une déclaration de revenus simple, une adresse postale, trouver un sens palliatif dans les heures des téléséries et leurs illusions, y croire, et quelques doses d'alcool par semaine pour avaler la réalité. Une vie par procuration.

J'ai essayé. Surtout l'alcool. J'ai essayé de boire pour comprendre et continuer. Sans succès. Je n'aime pas l'ivresse. Elle est hypocrite. Un attentat d'euphories et d'évitements. Contre soi.

J'ai continué de peindre, écrire, faire des films et encore plein d'autres trucs que je n'ai jamais dits. Un sursis. Dans l'attente. Toujours l'attente. Fidèle amour. Parfois, je m'imagine comme un tueur en série. Un terroriste. Abattre des innocents. Forcer un sens. Y croire. Et calculer la vie par soustraction. Enfin, il reste moins d'années qu'au départ.

J'ai toujours souri au bon moment. Avec optimisme. C'est fou comme on m'a cru. Il m'arrive parfois de me demander si d'autres font la même chose. On est si peu. Je saurais les reconnaitre, avec certitude. On se ferait un signe. Souvent, je croise des gens dont je devine aussi le vide.

J'ai abandonné la recherche de la vérité le jour où j'ai compris que ça ne délivre de rien. Toutes les idées ont des failles. Rien n'est infaillible. Surtout les convictions.

Il m'arrive encore parfois, ici et là, de croire à l'amour. À cause d'elle. Vérité ou mensonge ? Je m'en fous. Ça me porte d'y croire, même si je soupçonne ce sentiment impossible. Un doute persiste. Je ne serais pas le premier. J'ai fait comme si j'étais véritablement amoureux. Personne n'a vu la différence. Personne ne la verrait.

— Est-ce que tu sais que je t'aime ?

J'ai toujours répondu oui. C'est plus utile. J'ai horreur de la déception. À chaque Jour de l'An, dans les festivités, j'ai fait semblant de croire aux promesses et aux vœux. Dans la réalité, je me réjouissais d'avoir rayé une autre année à ma vie. Une de moins, enfin.

Une de plus, accumulée sans heurts. Tout est normal. Les gens ne sont pas inquiets. Ils me croient. Ils pensent que j'ai des émotions, des envies, une carrière. On croit que j'ai des valeurs. Certains pensent que j'aime une femme. Certains croient que je suis intelligent et sensible. Alors que j'égraine les heures comme les années, en faisant mille trucs pour tuer le temps. Des soupirs. Un sablier. Un chapelet. Un train qui passe.

« … d'abord les fissures deviennent des crevasses, qui deviennent des ravins… »

Ça m'avait saisi, son histoire de fissure, juste avant d'entrer dans la salle de réception, à notre mariage. Sais pas pourquoi, j'avais pensé à cet été de 1981, quand on avait onze ans. La première faille visible.

Peut-être savait-elle. J'avais cru pouvoir lui cacher. Je n'ai jamais cru à la bonté. Mais Arielle portait une grâce qui transcendait la bonté. D'abord une fissure. La mienne. Profonde. N'était jamais devenue une crevasse. Même si elle cachait un monde. J'aurais aimé qu'elle me dise qu'elle savait tout. Un soir :

— Je sais pourquoi… toutes tes images… ton travail… tes histoires… T'as un besoin sans fond d'être aimé par le monde. T'es un ravin, Marc.

Belle Arielle. Soit on va là. Soit je souris et on continue normalement. Elle s'était approchée pour m'embrasser. À plusieurs degrés, au propre comme au figuré. Je préférais vivre cette idée que lui révéler qui j'étais vraiment. J'avais fait semblant d'être démasqué et d'avoir été deviné dans mes sentiments. L'évidence est ailleurs. J'avais répondu en souriant : « Ben non, andouille, tout ça, c'était juste pour que tu m'aimes. Tu le sais hein, que je suis juste avec toi pour ta tarte aux pacanes ? »

J'ai longtemps pensé que je ferais ma vie avec la première femme qui m'offrirait une tarte aux pacanes. On était au restaurant, à New York pendant l'université, début vingtaine. La serveuse s'était trompée en posant les desserts. Arielle m'avait poussé son assiette. J'avais trouvé ça beau. Ma prophétie.

J'ignore où va la route après ça. J'ignore si un chemin existe. J'aurais voulu encore des livres et toute l'histoire de la Peinture pour me dire. M'aider. D'autres années. Des siècles que je n'avais pas.

J'aimais l'idée qu'elle me comprenne.

— T'as raison, Ari, je suis un ravin sans fond. Merci pour la *pecan pie*, je t'aime.

Elle avait dit vrai et j'avais dit la vérité. Pour une fois. Une partie de la vérité. La seule qualité que j'ai, c'est que personne n'est jamais parvenu jusqu'à moi. Tout le monde se tue en route.

Oubliez l'alpinisme, les explorateurs du cosmos, des mers et des monts. Ce sont des petites vanités. Les continents et les sommets ne sont pas intéressants, ce sont des limites qui s'atteignent. Les abimes, eux, n'ont pas de drapeaux qui clament leur conquête. C'est loin, le fond de soi.

J'aime peindre des portraits. Et ensuite les effacer. Ne garder que des traces anonymes. Ce qui a été. Telle une mémoire. Il y a souvent plus de certitude dans la disparation que dans l'état d'exister. Se reconnaitre de temps à autre n'est qu'un étage de soi. Peut-être serais-je plus utile mort que présent. Faudra voir. Je ne voulais pas qu'Arielle soit trompée dans sa franchise.

Elle :

— Tsé, l'idée de ton deuxième roman dont tu m'as parlé, pourquoi l'homme tue la femme qu'il aime ? Comment t'as pu penser lui faire faire ça ?

— Ari, c'est pas inventé, c'est arrivé pour le vrai.

Elle avait souri, à moitié inquiète. J'avais une façon de ne pas complètement dissiper le doute dans mes réponses, sans être sérieux. De toute manière, la vérité, dans la majorité des cas qui me concernent, est impossible à croire.

Il nous arrivait parfois de parler sérieusement. À peu près dans la moyenne, je sais maintenant.

En général, Arielle et moi, on a vécu des quotidiens sans surprises. S'il m'arrivait de m'enfermer pendant des jours ou des semaines, dans des vacuums de création à l'atelier, quand je revenais vers elle, on avait une vie normale. C'est ça, moi, qui m'inquiétait. Parce que les états dans lesquels je me fous pour créer ne sont pas humains. Et ça m'a de plus en plus troublé. Parfois j'étais un autre. Souvent j'étais un autre. Une partie de moi repeinte.

À ses funérailles, je n'ai raconté que ce que les gens veulent entendre. J'ai évité tout le reste. Je suis resté conforme au deuil et aux espoirs. Dans un sentiment d'assentiment général. Avec quelques larmes, des sons étouffés, des silences. J'ai confessé la douleur, l'amour, la douceur, les beautés et les rages et les violences, encore, que son absence avait causées. J'ai beaucoup insisté sur le manque. J'ai fait son portrait.

À la fin de la cérémonie :

— Tu sais Arielle, les histoires que je porte… comme la nôtre, elles ne viennent pas d'ailleurs.

Elle a été mise en terre en fin de matinée, le jeudi 8 novembre 2007.

2.

Été 1981.

J'avais eu onze ans en mars. Un âge où j'étais heureux. Ça tirait à sa fin.

Avant d'aller au lit, même les jours de semaine, on avait un rituel : je posais ma tête sur les cuisses de ma mère, qui me lisait quelques pages des livres qu'elle dévorait tous les soirs, depuis le divan du salon. Ma mère, contrairement à celle d'Arielle, n'a jamais regardé la télé. Je l'ai beaucoup admirée pour ça.

C'était, pour moi, le début d'un âge curieux et j'étais avide de m'éloigner de l'enfance. Vie de banlieue calme et rangée. Une bonne école et des amis. C'était l'époque où on livrait encore les journaux-papier en fin de journée. J'avais la plus grosse *run* de la ville. Quatre-vingt-une portes.

Il n'y avait que le samedi qu'on livrait le matin. Le reste de la semaine, c'était après l'école, en fin d'après-midi. Pas d'édition le dimanche. Fallait aussi « collecter » les clients aux quatorze jours ; faire du porte-à-porte avec un carnet, comme un calendrier, et poinçonner les semaines payées. Les jeudis soir. La majorité des gens étaient absents. Je détestais les gens absents. Tout mon système de comptes et de pourboires s'en trouvait dérangé. Ça me mettait en rage quand les choses prévues déviaient de l'ordre prévu.

Ces années-là, on faisait l'épicerie le jeudi soir ou le samedi. Ma mère avait acheté une maison dans un quartier qui commençait à se développer. Le début de l'étalement urbain. Sur un grand terrain agricole, maintenant dézoné, qui avait appartenu à des religieuses, au bonheur de leur richesse. Si seulement les bonnes sœurs avaient pu deviner le drame qui allait se jouer chez elles. Elles auraient prié très fort pour éloigner le mal de leurs terres.

Les promoteurs immobiliers y construisaient des projets domiciliaires et vendaient du rêve. John Lennon venait d'être assassiné quelques mois plus tôt, à New York, par Mark David Chapman. Les fous tuent souvent ceux qui font semblant d'être naïfs. On peut compter sur eux. Sont fiables.

Les distances étaient grandes entre les maisons. On demeurait près d'une carrière de sable encore en fonction, d'une petite rivière, une *crique* plutôt, et d'une *track* de chemin de fer. Une *track* où il y aurait un mort, un enfant, cet été 1981.

Un quartier de banlieue parfait pour élever une famille. Des belles résidences, avec de la verdure, des pistes cyclables et de ski de fond, des parcs récréatifs, des écoles. Des promesses de vies communes et générales.

Avec un vélo, ce quartier était le plus beau terrain de jeu pour un garçon. Je le sais maintenant. J'étais en cinquième année. Une bicyclette neuve que j'avais reçue pour mon anniversaire de onze ans. En mars.

Ma mère n'était pas riche. Un salaire confortable de survie. Avec un peu d'économies, elle trouvait le moyen de nous faire vivre heureusement, comme si on était à l'aise. Avec quelques libertés.

Un vélo *Free Spirit* gris cinq vitesses. La neige avait tardé à disparaitre, ce printemps-là. Ma mère ne voulait pas que je sorte avant qu'elle ne soit toute fondue. Je ne comprenais pas pourquoi. Et quand elle eut disparu, c'est dans la boue que j'ai pédalé pendant des semaines. J'ai marqué de profonds sillons notre belle pelouse. Je ne voulais pas attendre. Ne pouvais pas attendre. Alors j'en profitais quand avant qu'elle ne rentre du travail.

Je me souviens que les traces étaient restées tout l'été, jusqu'à la rentrée en septembre. Parfois, les traces étaient longues et parallèles. Comme un chemin de fer. Parfois, je déposais des branches de bois au travers pour faire comme un vrai.

Avec mes amis d'école, ce printemps-là, on s'était engagés des destinations magiques avec nos bicyclettes. La carrière. La *track*. Le golf. Le dépanneur Perrette. Flâner. Les rues le soir. L'aréna. Des semaines de rêves. Les soirs d'été que l'on forçait, à cet âge, à l'extérieur, étaient des sentiments innommables. Des échos de liberté.

Samuel, le plus gêné de mes amis, malgré sa grande taille, avait entendu parler d'une mare à grenouilles sur le chemin du *pit* de sable. Luc, qui avait un grand frère, connaissait une côte que l'on pouvait dévaler à pleine vitesse et où un renflement de terre faisait faire un saut gigantesque du haut duquel très peu avaient réussi à atterrir sans heurt. Et la *track* de train aussi, il connaissait. Il racontait que son frère y allait souvent. Le chemin de fer du CN.

De chez moi, le soir et tôt le matin, j'arrivais à entendre les cloches du passage à niveau. Toujours à la même heure, même quand on changeait l'heure, au printemps et à l'automne. Un ding-ding-ding-ding-ding rapide que j'imitais en cognant une cuillère sur un cul-de-poule en métal. Ça rendait ma mère folle. Moi, ça me faisait sourire. Fier de l'avoir atteinte. Belle joueuse, elle virait ça à la blague en me disant qu'elle allait faire la même chose, cette fois avec le bol sur ma tête. Pour me faire comprendre combien ça l'énervait.

Tout l'été, les soirs, je sortais dehors quand le passage à niveau sonnait. Même si on était à table. Ma mère roulait des yeux mais elle acceptait, convaincue par une idée de rigueur. C'était pour moi une obsession.

De la rue en face de la maison, j'arrivais à voir les locomotives apparaitre et croiser la route, et je comptais les wagons. À onze ans, un vrai train, c'est un aimant. Un *magnet*. Une réalité plus grande que nature. Un vertige.

— Cent-trois, je criais, exalté, quand c'était de longs convois. D'autres fois : soixante-et-onze, je disais, presque déçu. Et je revenais dans la maison.

Ma mère me répétait sans cesse qu'il ne fallait jamais aller jouer près de la *track*.

— Non maman, de toute façon, j'ai peur des trains.

C'est le premier mensonge conscient que j'ai dit pour rassurer quelqu'un. Le premier d'une longue série jusqu'à aujourd'hui. Je me souviens que je la sentais apaisée quand je lui disais ce qu'elle voulait entendre. Alors que c'était tout le contraire ; rien ne m'attirait plus que cet interdit. Je rêvais de la *track* et du train. M'approcher le plus possible. Compter les wagons de près. Enfin. Je devinais les bruits. J'inventais des émotions. Il me fallait le vivre.

Avec mes amis, on rêvait de faire comme dans *Lucky Luke* ; mettre une oreille sur le rail et entendre le train venir au loin. Le prévoir. Entendre ses vibrations, comme celles qu'on entend de la mer dans le gros coquillage posé sur le réservoir de la toilette, depuis toujours, chez ma grand-mère. Il était rose, nacré à l'intérieur. Je me souviens aussi du désenchantement quand j'ai compris, des années plus tard, que ce n'était pas la mer qu'on entendait, mais l'écho amplifié des vibrations ambiantes. La vérité est si décevante. Je crois que c'est pour ça que je suis devenu artiste.

Avec le train, c'était vrai. J'avais compris que je pourrais enfin approcher la réalité. Luc nous avait dit que lorsqu'on mettait un cinq cennes sur la *track*, le train l'écrasait aussi grand qu'un vingt-cinq cennes et il parait que « ça marche dans les machines d'arcade à l'aréna ». On le croyait, à cause de son grand frère. Depuis cet instant, je ramassais toutes les pièces de cinq sous que je trouvais. J'échangeais les dix sous et les sous noirs pour des cinq, au dépanneur. Le commis ne comprenait pas.

J'avais essayé, avec un marteau et une enclume, d'aplatir une pièce, sans succès. Le marteau rebondissait et ça avait résonné dans mon avant-bras pendant deux jours.

Il devenait de plus en plus évident que ça prendrait le train.

La bicyclette m'a donné une première vraie liberté. Aussi importante que les mensonges. D'abord parce que ça avançait plus vite que la course à pied, mais surtout parce que l'effet du vent m'était apparu comme la plus belle des caresses. J'allais vite. Plus vite que la marche. Plus vite que toutes les filles aussi, qui, elles, n'avaient rien à faire à défier l'invisible des gars. Enfin, presque toutes. Il y en avait une, Arielle, rousse avec des taches de rousseur, surtout l'été, qui était un peu garçon manqué, qui aurait pu faire partie de mes amis. À cet âge, les gars n'ont pas d'amies filles. Ce serait comme une trahison de genre. De part et d'autre.

Arielle et moi, on tenait nos distances. Malgré l'attraction. Comme pour le vide quand on est haut.

J'étais devenu très bon pour l'éviter. Durant les heures de classe, je savais, à toutes les secondes, où elle se trouvait dans l'espace, et à qui elle parlait. Connaitre la position de son ennemi donne un avantage. Ce n'est que plusieurs années plus tard qu'elle m'avait confié qu'elle faisait la même chose. Et plus on tenait la distance, plus l'attirance augmentait.

J'ai tant voulu qu'elle vienne jouer avec nous sur la *track*, cet été-là. Je m'imaginais en train de lui expliquer où passer et à quelle distance on devait se tenir du train pour que ce soit juste assez épeurant sans prendre de risque. Je ne voulais pas lui faire peur. Ou si peu. Juste assez. Pour qu'elle m'admire. Mais tout ça, c'était en secret. La seule fois où j'avais dit aux gars qu'elle voulait nous rejoindre, un vendredi de juin, après l'école, j'avais eu droit à une volée de protestations :

— C'est quoi son problème ? Elle a pas d'amies ?

— T'es malade Marc ? Pas Arielle, a va nous ralentir.

— Pourquoi elle ? Les autres filles vont la suivre… pis a va nous *stooler*, c'est sûr.

J'avais ravalé mes paroles en faisant comme si c'était la pire idée du monde. Même si elle venait de moi. Dans un geste qui confortait qu'on avait raison d'éviter les filles. C'est aussi un des premiers décalages de ma petite vie : un sentiment impossible à honorer. Qu'il m'a fallu cacher à mon clan.

La seule fois où elle et moi on irait se promener sur le bord de la voie ferrée, des années plus tard, je lui raconterais ce souvenir.

C'était aussi la première fois où j'avais eu l'intention de la tuer. Mais jamais je ne lui dirais. J'ai toujours eu une charge de haine équivalente à l'amour que je porte. Sais pas pourquoi.

L'été avançait doucement. L'école allait bientôt se terminer. Les vacances. Enfin. Des journées entières de liberté. Avec mes amis. On avait un milliard de projets et un autre milliard de plans. Un jour, on irait dans le *pit* de sable. On irait aussi sur le *tracel. Trestle* en anglais. Un pont de fer tressé comme des dentelles, et suspendu. On se construirait une cabane en branches de pruche. On ferait sauter des modèles de voitures à coller avec des pétards à mèches. On ferait aussi exploser des grenouilles et des crapauds avec les mêmes pétards à mèches. On espionnerait les filles, de loin. On se baignerait aussi. Luc, Samuel, George et moi.

Luc n'avait pas d'horaire. C'était l'ami que ma mère n'aimait pas. Il n'avait pas d'heures. Ses parents travaillaient tout le temps. C'est son frère ainé, quinze ans, qui s'occupait de lui. Mon autre ami, Samuel, avait deux sœurs. Une plus jeune, insignifiante pour nous, et une plus vieille, quatorze ans, qu'on espionnait quand elle se baignait. On était toujours partants pour se baigner quand sa sœur était là. Tout ce qu'on pouvait voler des yeux valait de l'or. Elle avait un maillot une pièce Speedo ligné bleu et blanc. Les yeux fermés, je pourrais le dessiner. J'imaginais ses seins au travers. L'eau froide les traçait dans le tissu. De dos, mes yeux volaient ses fesses.

Et George. L'autre ami. Son vrai nom, c'était George Ahmed Mougharbel. Libanais. Musulman. Nous, on disait George à l'école. La première fois qu'on était allés chez lui, on avait compris que notre George était en fait Ahmed. C'est comme ça que ses parents l'appelaient. «George», c'était pour s'adapter ici.

Son père était ingénieur en génie chimique, et géologue, au ministère des Ressources naturelles. Première génération d'immigrants. La famille Mougharbel avait quitté un Liban en guerre. Banlieue de Beyrouth. Avec assez de bombes pour avoir peur. Avec juste assez d'argent pour rêver vivre ailleurs. Tout le monde était doué dans sa famille. Sa mère, Ahha, enseignait les mathématiques à l'université. Ses sœurs, plus vieilles que nous, étaient douces et très polies. On était impressionnés par leur accent. Un français impeccable. Comme en France. J'ai toujours été admiratif des gens qui quittent tout pour se refaire ailleurs. Ça prend cran et courage, parfois aussi de la peur, pour laisser derrière tout ce qu'on a connu de soi.

Parfois, quand on transplante des fleurs, plusieurs n'acceptent pas d'être déracinées. Souvent, la nouvelle terre n'a pas le même pH et ça ne prend pas. Il y a des règles très simples. C'est Arielle qui m'avait dit. Des années plus tard.

Cet été-là, on a été les quatre amis ensemble du matin au soir. Sept jours sur sept. Hormis les semaines de vacances familiales, lesquelles nous avaient toutes séparément et unanimement semblé trop longues et inutiles, parce que dispersés.

Si je croisais Arielle de temps en temps, surtout parce que je livrais le journal chez elle, j'avais pas mal réussi à la tenir à l'écart de nos vies de garçons. Même si j'avais le sentiment un peu malheureux de la décevoir. À la satisfaction silencieuse, on n'en avait jamais reparlé entre nous pendant ces dix semaines de vacances.

George-Ahmed était différent de nous. On le voyait bien. Il ne mangeait pas la même chose. Sa maison aussi sentait autre chose ; les épices. Inconnues. Et toute sa famille était pieuse. Beaucoup plus que nous. La prière était sacrée.

On ne le savait pas encore, mais nos parents, la classe moyenne, avaient cessé de pratiquer et ils avaient abandonné la religion. Une rupture. La famille d'Ahmed semblait avoir un pivot que nous, on n'avait pas. Et puis la télé. Eux, ils ne la regardaient pas. Comme ma mère. Alors que pour nous, enfants, et tous les autres adultes que je connaissais, c'était une frontière obligatoire. Une forme d'identité passive. Parfaite pour mon autisme. Je pouvais revoir le même film des douzaines de fois.

Mis à part *Le Vagabond*, avec le chien qui résout des crimes, nous n'avions aucune résonance télé avec George-Ahmed. Alors on jouait. On s'inventait des mondes avec rien. Un couteau, un canif plutôt, et on refaisait le monde avec des branches, des cordes et des roches. On se racontait plein d'histoires. C'est cet été-là que j'ai découvert, devant l'intérêt de mes amis, que je savais inventer une réalité qui pouvait envouter. Et être crédible. Ils me faisaient confiance. C'était nouveau et un pouvoir que je découvrais. Je savais raconter.

Un dimanche de juillet, il faisait chaud à crever dehors, humide, Sam avait fait une crevaison, un *flat*, en roulant sur les grosses pierres du chemin de la carrière à sable. On s'y était risqués. En dehors des heures d'opération.

On avait retraité jusque chez lui en marchant tous à côté de nos vélos par solidarité. On s'était installés dans son garage pour devenir mécaniciens, l'instant d'un après-midi. C'était plus frais qu'au soleil. Alors que Luc, Sam et moi, on était convaincus qu'on réussirait à réparer la fente du pneu avec du *tape* électrique, Ahmed avait dit :

— Faites pas ça. Je reviens dans dix minutes. Marc, viens avec moi.

— Ké.

On avait pédalé comme des fous jusque chez lui, sans même s'assoir sur nos selles. Fiers. Avec l'euphorie qu'on réalisait quelque chose. Lui et moi, parce qu'il m'avait choisi pour l'accompagner, on s'était liés un peu plus loin. Une forme de respect. Même dans l'enfance. Il m'avait choisi. Med est devenu, à cet instant précis, mon meilleur ami.

Il avait fouillé quelques minutes dans le cabanon derrière sa maison et avait dit des mots, surement heureux, en arabe, en montrant un truc dans sa main et en souriant de gloire.

En remontant sur nos bicyclettes, j'avais croisé le regard d'une de ses sœurs. Je l'avais trouvée belle. Des yeux foncés. Inquiets mais beaux. J'avais figé. Elle m'avait fixé. Ahmed avait un peu crié. Pour lui, ce n'était que sa sœur. Je me souviens de m'être figé, parce qu'il a dû me dire, encore en criant, avec un accent à mi-chemin entre le sien et du québécois :

— Enwouèye Marc, en roulant le r.

Et à Rima, sa sœur :

— Laisse-le tranquille. C'est mon ami.

J'avais aussi vu la silhouette de son père à travers la porte-patio. La même silhouette qu'aux funérailles d'Ahmed, quelques semaines plus tard.

Med s'était souvenu, et avait trouvé le kit de réparation de crevaison pneumatique de son père. On a rejoint Sam et Luc dans le garage. On a suivi les directives avec beaucoup d'attention. On lisait en même temps. C'est finalement à moi que Med avait demandé de gérer le papier d'instructions : gratter la surface avec la petite lime métallique à poncer, découper une pièce de caoutchouc, appliquer la colle sur la surface intérieure du pneu et la pièce… Cet après-midi chaud et humide de l'été 1981, à l'ombre d'un garage de banlieue, on avait réparé la crevaison de Sam avec tout le sérieux du monde, convaincus d'avoir réussi un exploit extraordinaire.

Le lendemain, parce qu'il fallait attendre vingt-quatre heures, on avait gonflé le pneu et ça avait tenu. Je me souviens du sentiment d'invincibilité ; tout était possible. J'ignore pourquoi Med, c'est maintenant comme ça qu'on appelait Ahmed, savait comment réparer un pneu de vélo. Probablement que c'était culturel, je m'étais dit. D'où je venais, l'ailleurs et les étrangers savaient plus de choses que nous. Il était en avance. Il avait eu raison.

Ce soir-là, un lundi, j'avais écouté Pierre Pascau à *L'Informateur en rappel*. Tous les soirs, à CKAC, en reprise du jour, j'écoutais, au lit, cette émission d'affaires publiques. Un radio-réveil avec une fonction sommeil qui permettait un décompte automatique d'une heure avant de se mettre à *off* tout seul. Un appareil Realistic que j'avais acheté chez RadioShack avec l'argent des journaux que je livrais. Je me souviens que ce soir de juillet, c'était une reprise sur le meurtre non élucidé d'une femme à Pointe-aux-Trembles. Tout le monde, dans la radio, s'accordait sur l'identité du tueur, qui ne fut jamais condamné ; faute de preuves ou de procédures, je ne me rappelle plus. Je m'étais endormi avec la voix de l'animateur, excédé par le système judiciaire, qui chialait à tout rompre, impuissant, mais dont la voix faisait écho à «l'injustice» sociale ambiante et aux gens qui appelaient pour se plaindre des procédures.

Arielle, par ailleurs, ne semblait pas préoccupée par mon exil dans le monde des garçons. Je me trompais. Elle me dira plus tard combien elle s'était sentie mise de côté par cette indifférence.

C'est aussi à travers elle que j'ai appris l'importance des apparences et de la contenance des sentiments. Cette utilité. Pour tromper les pensées.

— Comme si je n'existais plus, Marc…

Loin de deviner, et même de sentir sa détresse, j'avais passé les premières semaines des vacances d'été avec mes amis dans un bonheur simple et facile. Se réveiller. Manger deux tranches de pain avec du beurre d'arachide et du Nutella. Parfois avec des rondelles de banane.

Les seuls drames qu'on vivait étaient ceux qu'on s'inventait. Souvent par témérité. Comme les parcours de vélos qu'on faisait. Luc avait un BMX tout-terrain. J'avais une montre chronomètre, aussi achetée avec l'argent des journaux. Une montre qui m'avait donné un ascendant sur mes amis. C'était nouveau, et rare. Des chiffres digitaux. Loin des aiguilles d'un cadran. La technologie les fascinait. Moi, c'était le temps. Mon seul allié. Jusqu'ici. Le radio-réveil n'était pas assez. Je mettais deux alarmes, les matins. Triomphant.

Plus tard, dans ma vie, j'ai détesté la radio et j'ai davantage détesté les adultes qui l'écoutent pour meubler leur peur du silence et leur propre conscience. Mais dans l'enfance, elle faisait partie de mes heures.

Les fins de semaine, en soirée, quand les émissions étaient ennuyantes, je jouais au *temps* : je tentais de compter les secondes au même rythme que le chronomètre de ma montre, sans la regarder. Quand j'arrivais à trente ou soixante dans ma tête, je vérifiais où les chiffres étaient rendus. Au début, quand je tombais pile, c'était un peu par chance. À la fin de l'été, j'étais devenu bon. J'ai toujours été doué pour le synchronisme. Encore plus avec la synchronicité, même si je ne connaissais pas ce mot à onze ans. Je suis né sous de bons auspices.

Le fait existait. La vie m'a fait chanceux et m'aura fait don d'un million de coïncidences. J'ai toujours été doué par instinct. Entre les bons silences et les mots justes, je parviens presque toujours à être authentique. Le monde aime les gens authentiques.

Les jours d'été s'enchainaient avec les mêmes règles et le même horaire. Ma mère, qui travaillait comme assistante de recherche en biologie à l'Université Concordia, insistait pour que je sois à la maison tous les midis. Elle téléphonait. Pour vérifier. La veille, elle me disait toujours ce qu'elle avait préparé comme repas. J'avais une clé dans le cou, sur un brin de laine rouge qui me rendait fou parce que la laine me piquait la peau. Comme la majorité des vêtements qu'elle m'achetait.

Je la cachais dans les pivoines, la clé, chaque fois que je sortais. Je me suis élevé à peu près tout seul. Avec le silence d'une maison, parfois le bruit d'une radio le soir, beaucoup de livres, et des plats Tupperware avec des sandwichs de pain blanc tranché au jambon cuit, ou avec une tranche de fromage Singles, encore dans son emballage pour ne pas mouiller le pain. Parfois des carottes ou des cèleris. Et des gâteaux au caramel Vachon ou des Jos Louis, avec une pomme sans gout, pour le dessert.

Grâce à ma montre Casio et son alarme, une révolution dans ma vie, je savais exactement à combien de minutes j'étais de chez moi. Pour apaiser ma mère. Peu importe l'endroit, ma montre sonnait à onze heure cinquante. J'enfourchais ma bicyclette et je pédalais vite ou normalement, selon l'urgence. J'étais toujours à la maison à midi cinq pile. C'est l'heure où elle téléphonait.

— Oui maman, non maman, suis allé chez Sam, on a joué dans la forêt en arrière, on a été à l'étang, non maman, oui j'ai mangé, non on n'a pas écouté la lutte à la télé, oui les cèleris et les carottes, et la pomme, oui j'ai rentré le courrier… moi aussi, à ce soir.

À onze ans je savais qu'une de mes responsabilités était de rassurer ma mère. J'avais appris à gagner sa confiance. À mi-chemin entre le mensonge et la bonne intention. Ce qui, dans mes calculs, valait sa charge. Et la culpabilité qui vient avec. Je saurais faire.

Toute la suite s'en porterait mieux. J'ai compris cet été-là que le besoin de calmer les autres, les adultes, serait essentiel à ma survie. Surtout les policiers et les psychologues. Plus tard les femmes, et Arielle.

Les jours de pluie, on les passait dans la véranda chez Luc. Il avait un train électrique miniature Tyco. Sur une table faite en *plywood*, avec du faux gazon. Des petits ponts, des tunnels, des lacs faits en résine, des petits humains et des passages à niveau. On jouait un peu, mais c'était déjà un jeu ancien. C'est là, sur le modèle miniature, qu'on a planifié le coup des vingt-cinq cennes sur la *track* qu'on allait faire quelques jours plus tard.

On parlait beaucoup des jeux d'arcade à l'aréna. C'était nouveau. Les premiers jeux vidéos. Il y avait Donkey Kong, Space Invaders, Asteroids et Pac-Man. Mais l'argent était rare. Surtout les pièces de vingt-cinq cennes.

C'est un après-midi d'orage, si quelque chose doit porter le blâme aussi bien que ce soit la foudre ; on a décidé officiellement que le train allait nous aider à convertir les cinq sous en vingt-cinq. Aller jouer aux jeux vidéos était à moitié interdit par nos familles. C'était nouveau et inconnu. Jouer à l'aréna, en plein été, c'était mal vu. Comme si on perdait le temps. Flânage. Et les jeux vidéos, ça venait d'ailleurs, de loin. Ça faisait peur.

La patinoire fonctionnait au ralenti, mais les camps d'été des ligues de hockey Élite s'y tenaient. On était fascinés par l'amas de neige que la surfaceuse empilait dehors, à trente degrés Celsius. J'y jouais trois jours semaine. Toutes les semaines. Même en été.

C'était d'ailleurs la seule excuse pour justifier l'aréna à ma mère ; j'étais bon au hockey et j'étais pee-wee AA le reste de l'année. Ligue d'élite. Normal que je traine à l'aréna municipal une partie de l'été. Je trainais ma poche d'équipement dans la remorque à journaux derrière ma bicyclette. J'étais de toutes les pratiques et parties. Une excuse aussi à tout le moins valable pour les parents de mes amis, qui, eux, venaient m'y rejoindre après les entrainements et les matchs.

C'est Sam, le premier, qui a proposé d'aller mettre les pièces sur les rails. Je me souviens des fractions de silence après ses mots. Aucun de nous ne voulait être un peureux, alors on s'est dit qu'on irait tous ensemble le lendemain. Un pacte.

Ce soir-là, dans mon lit, deux nouveaux sentiments sont apparus : l'euphorie et la culpabilité. Ensemble. Ils sont trop souvent reliés.

Ma petite tête de onze ans s'est mise à faire des plans pour ne pas se faire prendre. Deux d'entre nous allaient faire le guet pendant que les deux autres iraient déposer les pièces sur le fer. Sans avoir un air louche. Tout se trouvait là. Ne pas éveiller de soupçons.

Le rendez-vous a été donné chez moi le lendemain matin, pour préparer le coup. On ferait ça au train du soir. Tout le monde est arrivé avec un plan. C'est le mien qu'on a retenu. Je crois que c'est mon calme qui les a convaincus. Je savais depuis longtemps, à cause des livres, que les gens qui n'hésitent pas ont une longueur d'avance. On les croit.

En fin de journée, fébriles, on a attelé la brouette de livraison de journaux sur mon vélo, pour faire diversion et passer inaperçus. On a pris le rang des Sœurs jusqu'au passage à niveau. J'avais empli la brouette avec des sacs d'épicerie en papier brun. Eux aussi bourrés par d'autres sacs et de vieux journaux. Pour faire comme si on faisait quelque chose, on s'était dit. Ça aurait l'air vrai.

Ce sont les hésitations qui nous trahissent. Je savais déjà à onze ans.

En quittant mon garage, les sacs, trop légers, tombaient sur la chaussée. On s'est arrêtés rapidement pour ramasser des cailloux sur le bord de la route afin de mettre du poids et les stabiliser. Je me souviens des pissenlits et des marguerites sauvages qui poussaient sur l'accotement, à travers les pierres. Et d'une fleur bleue, petite et très belle. Ça m'a calmé. D'aussi loin que je me souvienne, j'ai toujours aimé les fleurs. Elles m'ont aidé.

— Envoyez, dégrouillez, Sam nous disait, à Ahmed et à moi.

— Va les aider! Luc a crié, loin devant.

— Ta yeule!

— Eille, on fait ce qu'on peut! On arrive.

— Vite, on va manquer le train!

On est arrivés à temps. Luc et Sam ont fait semblant de jouer ensemble, sur le bord du fossé, sur la route avant la *track*, pendant que Med et moi on prenait la *trail* dans le bois qui longeait le chemin de fer. Ils y sont restés le temps qu'on installe vingt-deux pièces de cinq sous sur le rail.

— Je pense qu'y arrive.

— Non Med, c't'un camion. Prends ton temps pis place-les comme il faut.

Ça sentait la créosote du bois traité. On pourrait nous voir de la rue. Le plan, c'était d'attirer l'attention des automobiles de leur côté à eux pendant que nous,

on s'affairait. J'imaginais l'inquiétude des automo-
bilistes voyant des enfants jouer sur la *track*. Et l'em-
preinte que ça pourrait faire aux mémoires. Pour ne
pas éveiller de doute, il faut faire partie de la moyenne.
Les gens normaux ne vont jamais sur les chemins de fer.

Une fois notre affaire terminée, Med et moi, on s'est
replacés à l'abri dans un petit boisé en bordure, à
quelques mètres des rails.

— Faut pas bouger. Surtout pas bouger. C'est ça qu'on
voit, le mouvement. J'avais dit : « On reste immobiles. »

— Ok.

Med m'avait impressionné. Plein de nerfs. Calme.
J'avais raison de le respecter. Il était bien mon ami.
Fiable.

On a attendu quatre minutes et quarante-huit
secondes. Le train est arrivé pile à l'heure prévue.
17 h 02. Comme d'habitude. On a d'abord senti le sol
gronder. Quelques secondes plus tard, des bruits de
fer, bien nommés ; du métal qui frotte sur du métal,
des bruits d'hydraulique, de compression d'air, et aussi
les sons des pierres entre les poutres de bois qui s'en-
trechoquaient. Puis les cloches du passage à niveau.
Ding-ding-ding-ding-ding-ding. Beaucoup plus fort
que ce que j'avais imaginé. J'avais pensé à ma mère.
J'aurais souri si j'avais pu.

La première locomotive est apparue devant nous.
Gigantesque et lente. Quelques pièces étaient tombées
du rail avant qu'elle ne roule dessus. Les vibrations.
Mais plusieurs étaient restées en place, au moins pour
quelques wagons. On était extatiques. On avait l'impression de beaucoup exister.

Quand la locomotive de tête, il y en avait trois, est arrivée à la croisée de la route, le train a sifflé. À ce moment, j'ai souri. Luc et Sam ont fait signe au conducteur, avec leurs bras, de tirer sur la corde du klaxon. Comme dans les films. Tous les petits garçons du monde rêvent de faire siffler un train un jour. Le conducteur se contenterait de cette réalité simple et heureuse, sans regarder derrière, vers nous.

De notre avant-poste, on a compté les wagons. Med en a compté soixante-dix-neuf, et moi soixante-dix-huit. Le train du soir n'avait jamais de wagon de queue. Le dernier wagon de marchandises était passé devant nous. Encore plus ralenti que le début du train, il nous avait semblé, parce qu'on s'en était parlé sur le coup. De notre cachette, on voyait le passage à niveau ; mais dès que la tête du train le traversait, les rails tournaient vers la droite, et le chauffeur ne pouvait plus nous voir. On était debout, prêts à bondir.

— En avant, ça va plus vite à cause des locomotives, j'avais dit avec assurance. Mais j'étais incertain de ce que j'avançais. Simplement convaincu. Jusqu'à ce jour, j'y crois encore, mais ne sais toujours pas pourquoi les têtes de train ont l'air d'aller plus vite que les queues.

Alors le silence est revenu. On s'est précipités vers les rails à la seconde où les cloches ont cessé, comme si c'était un signal. Je me souviens de la première pièce que j'ai ramassée : elle était brulante. Chauffée par la friction. Aplatie. Inégale mais presque aussi grande qu'un vingt-cinq cennes. Med et moi, on jubilait. On a tout ramassé et rejoint nos amis.

Cette nuit-là, la dernière fois que j'avais regardé l'heure, il était 1 h 22.

Le lendemain matin, première heure, dans le garage chez Luc, on a martelé le plus rondement possible les côtés déformés et inégaux, et on a modelé toutes les pièces le plus fidèlement possible au diamètre du vingt-cinq sous, en se servant d'un vrai comme gabarit.

Un train, un étau et un marteau. À onze heures, les portes de l'aréna ouvraient. Déjà, l'odeur des frites, d'huile rancie et de vinaigre du casse-croute empestait. Dans le fond, les machines d'arcade s'illuminaient et faisaient des bruits électroniques. Tout ça nous appelait. On a joué treize *games*. Soixante-cinq cennes au lieu de trois dollars vingt-cinq. La vie était belle. À nous. En liesse.

D'un seul coup, l'horizon s'était ouvert. On avait eu une idée. Tout avait fonctionné. Un miracle. Pour une fois, on avait une incidence sur nos désirs, autre que celle de pédaler et d'attraper des grenouilles dans les mares d'eau verte et morte. Ce qu'on venait d'accomplir nous sortait de l'enfance.

On l'a refait trois jours plus tard. Cette fois, c'est Sam qui est venu avec moi placer les pièces, pendant que Luc et Med montaient la garde sur la rue. Sam et Med se sont un peu obstinés à savoir pourquoi on changeait une formule qui avait fonctionné. Med surtout rechignait. Parce que dans la hiérarchie des rôles, les nôtres valaient plus. On le savait, en silence. Pourtant, on partageait également. J'ignore pourquoi personne n'a voulu prendre ma place. Comme si j'étais d'office indispensable dans le rôle. Ce sentiment a toujours fait partie de ma vie. Être en charge. Autant des volontés que des sentiments, surtout ceux que je n'avais pas. Une identité. La mienne. Par la force des choses, j'allais apprendre que c'était naturel.

Cette deuxième fois, l'après-midi, j'avais vu Arielle près de chez elle en livrant les journaux. Elle marchait avec son chien. Elle promenait toujours son chien à la même heure, chaque jour. Je le savais.

J'avais senti et croisé son regard, qui m'avait transpercé. J'étais convaincu qu'elle avait deviné. Pourtant, elle et moi, on s'était volontairement évités depuis la fin des classes.

Ce lundi de juillet, elle m'avait regardé droit dans les yeux plusieurs secondes. Était montée en moi une charge coupable. J'aurais pu tout lui dire. Je m'étais retenu. Étouffer l'aveu. Je demeure convaincu, à ce jour, qu'elle avait pressenti. Malgré l'air de triomphe que je croyais porter. Faire comme si de rien n'était. Je savais, à onze ans, que les intuitions des autres à propos de moi, même les vraies, n'existent que si elles sont avouées. Et je me disais, si j'arrive à faire plein de vingt-cinq sous et que je deviens vraiment bon à Donkey Kong, peut-être va-t-elle m'admirer en septembre. Le soir, au lit, j'imaginais un tournoi de jeux vidéos organisé par l'école, et dans le gymnase, tous les élèves y étaient, c'était moi qui gagnais le concours, je la regardais, et elle me trouvait beau.

Je n'avais soutenu son long regard qu'une fraction de plus que la normale. Poussière de seconde. Infinité de sens.

Détaché juste à temps. Heureusement. Belle Arielle. C'est grâce à elle que j'ai pu mentir aux autorités avec aplomb quelques semaines plus tard. Elle qui, une fois encore, j'en suis convaincu, avait tout deviné. Elle qui avait décidé de me couvrir. Je m'étais beaucoup accroché à cette idée les mois qui avaient suivi. Pour continuer. On était deux à savoir.

Ce lundi, donc, après ma livraison, on avait remis le coup. Cette fois, en étendant le double de cinq cennes. Sur les deux rails. On était quatre. Sam m'avait regardé avec un énorme sourire, une fois le train passé et sorti de nos vues.

— Facile, il avait dit.

Il avait raison. Une fois la locomotive traversée au passage à niveau, un dernier sifflement. On s'était avancés sur le bord de la *track* pour voir de plus près. Les wagons roulaient doucement devant nous dans leur vacarme de métal. C'était comme dans les montagnes russes, Luc avait dit. Le sol bougeait et vibrait. On était à moins d'un mètre des roues du train. J'aurais pu les toucher. Il n'y avait plus de frontière.

À la mi-juillet, c'est les vacances de la construction. On allait être séparés pendant deux semaines. Sam irait dans un camp de vacances la première, et dans le Maine la seconde. Luc irait avec son oncle à Canada's Wonderland la deuxième. On s'est retrouvés trois. Ce n'était pas pareil. Pour moi non plus, parce que ce sont les seuls moments de l'année, avec la semaine de Noël, où je n'avais pas de hockey. La seule pause. Ma mère avait toujours cru que le meilleur moyen de garder son fils dans le bon chemin et d'en faire quelqu'un, c'était de l'occuper. Par la discipline. Ça venait de son père.

Je jouais au hockey et j'étais très bon. Un talent naturel. Avec des efforts, j'aurais pu être meilleur.

Quand on fait partie d'une ligue Élite, on a droit à un traitement privilégié. Un chauffeur m'emmenait à toutes les pratiques, mais je préférais y aller seul, en vélo. Rester à l'écart.

Les jours de match, l'entraineur insistait pour qu'on prenne le transport ensemble. Dans un autobus nolisé, si c'était dans une autre ville. On apprenait à dire Monsieur et à être polis. Les jours de match, on devait porter une chemise et une cravate pour se rendre à l'aréna. Des codes que je respectais. J'avais compris.

Avec ma mère, les vacances, c'était toujours fin aout. Dans ce temps mort où l'attente de la rentrée scolaire est insupportable. Où les touristes sont retournés chez eux. Un peu hors-saison, mais encore dans l'été. Med et sa famille ne semblaient jamais prendre de vacances. Peut-être n'en avaient-ils pas besoin, je me disais. Parfois, le soir, j'imaginais toute la détermination requise pour recommencer sa vie, ailleurs. Une autre voie. Avoir la force de faire dévier le destin. Le sien de surcroit. Un ré-aiguillage.

La dernière de juillet, Sam nous manquait. On a résisté toute la semaine pour ne pas aller au train, ni à l'aréna. On avait un sentiment de clan. De solidarité. Cette fierté nous a semblé à toute épreuve. Jusqu'à ce que Luc parte lui aussi. Med et moi, on a trouvé le temps long à les attendre. Et encore plus long à les imaginer ailleurs, ayant du plaisir, sans nous. Dans le monde commun qu'on entretenait, tout continuait à l'habitude.

Un jour, ma mère s'était rendu compte que j'alignais toujours les ustensiles vers l'horloge du mur quand je mettais la table. J'avais huit ans. Ça faisait longtemps que j'alignais plein d'autres choses aussi; comme les chips par ordre de grandeur avant de les manger. Elle avait simplement relevé le fait, sans insister. Un peu inquiète mais sans plus. J'avais de bonnes notes à l'école et j'étais poli. Assez pour passer sous le radar.

Quand elle me parlait, je bougeais sensiblement la tête pour que le lobe de son oreille droite, que je fixais toujours, soit dans l'axe d'un truc que j'avais repéré plus loin : une lampe, une photo, une chaise. Le soir, au lit, toutes mes peluches devaient être dans un ordre que j'avais un jour inventé. La literie aussi. Le drap contour, le drap de coton, puis la couette, intacts. Je dormais par-dessus le lit qui restait fait. Sur le couvre-lit, avec deux couvertures en polar. La première aussi usée et douce que du satin. La seconde, plus récente, avec des têtes de chien. Pendant plusieurs années, j'ai dormi habillé. Ma brosse à dents devait être rouge. Je ne m'endormais qu'avec un chandail sur les yeux, tel un loup. Mais c'est le poids du vêtement qui m'apaisait. De même pour la peluche d'un lion, bourrée de fèves, la plus lourde; posée sur ma poitrine.

J'arrimais toujours les ombres que la lumière du réverbère de rue faisait de l'érable argenté devant la maison, sur un bateau à voile trois mâts de la tapisserie d'un mur de ma chambre. Autrement, j'avais du mal à trouver le sommeil. Et tous les lundis, je devais porter mon caleçon de Bugs Bunny. Sinon la catastrophe. Ou un malheur. Je me sentais mal. Contrarié. De même avec les vêtements ; incapable de porter autre chose que du coton déjà souple. Tous les autres tissus m'irritaient la peau.

J'arrivais à tout garder en dedans. À tout lui cacher. Pour son bien à elle. Évidemment. Pour ne pas l'inquiéter. Elle en avait assez sur les bras avec son horaire, la maison à tenir, mon hockey à longueur d'année et ses mille culpabilités de mère.

Med et moi, on a continué à faire nos journées d'enfants. On s'est construit une cabane-caverne en branches de pruche, avec leurs épines. Ça sentait bon.

On a chassé des grenouilles dans les mares, avec un bâton, un fil de pêche, un hameçon et un bout de tissu rouge. Les grenouilles sont curieuses du rouge. Intriguées, elles avancent et juste comme elles passent près ou au-dessus, hop ! on ferre, et l'hameçon les pique. Je me rappelle qu'une de ces fois, c'était un énorme ouaouaron, et quand on l'a sorti de l'eau, il s'est décroché. Med m'avait crié, comme si on perdait un trésor.

— Marc, vite, on va le perdre !

Je m'étais précipité, et la seule chose qui m'était venue à l'esprit avait été de mettre le pied dessus. Je l'avais écrasé. Plus bon à rien. Nos couleuvres n'en voudraient pas. Elles ne mangent que les grenouilles vivantes. Des sauterelles et des criquets aussi.

Tôt au printemps, les couleuvres sortent de leurs cachettes d'hiver et se chauffent au soleil. On étendait des tôles de toit en acier au milieu d'un champ, et aux premières heures du jour, les couleuvres allaient s'y blottir pour se faire chauffer. Notre vivarium était une boite en bois, des planches d'*aspenite*, de quatre pieds par quatre pieds par trois de haut. On leur mettait des branches, de la tourbe, de la pelouse, de l'humus, des roches. À chaque semaine, quelques grenouilles. On était fascinés. La couleuvre mettait des heures à avaler la grenouille. Trois ou quatre fois plus grande que sa gueule, elle parvenait à se disloquer les mâchoires pour doucement l'avaler en silence. La couleuvre avait une bosse énorme dans le corps pendant quelques jours, le temps de la digérer. C'était laid et beau en même temps. La grenouille ne mourait pas tout de suite. Elle bougeait encore longtemps après avoir été engloutie. Ça me fascinait.

On aimait beaucoup Med parce que c'est lui qui attrapait les couleuvres. Par la queue. Il n'avait pas peur de se faire mordre. « C'est rien », il disait. On levait les tôles une par une et on criait :

— Med, vite, a s'en va. Ici, ici, ici… *yesssss*!

Med la tenait. Tout le monde parlait en même temps. La couleuvre se tortillait et se balançait au bout de sa main. On revenait vers nos maisons en marchant à côté de nos vélos, triomphants. Tous les enfants des rues avoisinantes venaient à notre rencontre. Pour voir ce qu'eux ne feraient jamais. On n'avait pas de véritable raison de capturer les couleuvres, autre que celle de faire peur aux filles. Toutes les filles avaient peur. Sauf Arielle, qui disait que ça ne lui faisait rien. C'est peut-être un peu pour ça que je croyais l'aimer.

Elle était différente, Arielle.

Elle n'a jamais voulu en prendre une dans ses mains mais elle s'approchait suffisamment de notre «cage à serpents» pour que je la croie. Elle regardait les reptiles manger les grenouilles avec autant d'émerveillement que moi. Elle restait là et elle ne détournait pas le regard. On se frôlait. Côte à côte. Devant la même beauté utile et cruelle. On se disait qu'on n'aimerait pas mourir comme ça.

— Regarde sa langue qui sort comme un serpent.

Elle avait raison.

Ma mère, tous les soirs, me faisait jurer que nos serpents ne pouvaient pas s'échapper de leur boite. Elle serait morte debout de trouver une couleuvre dans sa maison. Ça me plaisait qu'Arielle n'ait pas cette peur. J'avais eu l'impression qu'elle était forte, Arielle, et que je pourrais lui confier des choses secrètes. Les liens se tissent parfois loin des intentions. Je savais pouvoir lui faire confiance avant même d'avoir besoin d'elle. Arielle s'est avérée si juste et précieuse quand la police l'a questionnée sur moi. Aujourd'hui, je sais que je lui dois beaucoup de la suite normale de mes onze ans.

31 juillet 1981.

Un vendredi. Toute la journée avait été chaude et humide. Les grillons criaient en plein jour. Ma mère avait lavé mon équipement de hockey. Il séchait sur la corde à linge. Je m'ennuyais du hockey. J'avais hâte de rejouer.

Le 31 juillet, c'est l'anniversaire de ma mère. Lion. C'est aussi la première fois de l'été, comme chaque année, où le maïs arrivait dans les marchés publics.

De mémoire, tous les 31 juillet, on mangeait du blé d'Inde. Simplement. En 1981, il était jaune. Ce soir-là aussi, on mangerait du maïs. Un rituel. Rassurant. C'est moi qui l'épluchais. J'adorais le bruit des feuilles qui se déchirent.

Depuis le matin, la journée s'était déroulée normalement. Med et moi, on était seuls et on avait fait du vélo. En fin d'avant-midi, on s'était rendus jusqu'au *pit* de sable de la carrière Gauvin. Du sable fin. Tant qu'on restait sur les chemins damés, tout allait. Dès qu'on sortait des routes, fallait redoubler de force pour pédaler. C'était coulant. Dans le sable meuble, on s'enfonçait et tout arrêtait. On devait descendre de nos bicyclettes pour continuer. C'était enrageant d'être stoppés. Un échec. Je m'en voulais de ne pas pouvoir continuer. De ne pas être assez fort. Je déteste quand les choses ne se passent pas comme prévu.

Quand on rejoignait un chemin tapé par les camions, on avait l'impression de renaitre. Libres à nouveau.

D'aussi loin que je me souvienne, j'ai toujours réprouvé être ralenti par des forces extérieures à moi. Un malaise.

Tout en bas de la carrière, il y avait un lac. Creusé par les hommes, de la dynamite et des machines, et empli par des sources et la pluie. Un bleu sombre et creux. On se doutait qu'il était profond. On rêvait de s'y baigner. D'y pêcher. On s'imaginait des monstres marins. Une eau de rêves. Un jour, on verrait le fond. Med et moi, on avait lancé des tas de cailloux cette matinée du trente-et-un juillet. On pouvait passer de longues minutes à chercher des roches plates à travers le sable et le gravier. Des roches plates pour faire des ricochets.

Parfois neuf ou dix bonds de suite, sur l'eau. On comptait avec précision. Surtout ceux de la fin, plus rapprochés. Et décisifs dans le choix d'un gagnant, même si on était des vrais amis.

On faisait des concours de lancers de distance aussi, qu'il gagnait toujours. Med avait un meilleur bras que moi. Je me souviens de ses bras. Ils étaient musclés pour notre âge. Ça venait probablement des pelouses qu'il tondait l'été. Un travail qui demandait de la force. Souvent, quand on partait chacun de notre côté, en fin de journée, c'était pour lui les contrats de tondeuse, et pour moi les journaux.

Je me souviens aussi d'une grosse pierre qu'il avait lancée. J'avais entendu le son de l'eau et regardé long-temps les petites vagues. J'ai toujours été captivé par les cercles concentriques qui finissent par s'éloigner et disparaitre du point d'impact. Aujourd'hui, je sais que ça ressemble à nos mémoires.

— Elle est pas mal, hein, Arielle?

J'avais mis quelques secondes à réaliser ce qu'il ve-nait de dire. Sonné. Incapable de prononcer un son. Faire mine de rien. Ne pas réagir. Ne rien laisser pa-raitre. Faire comme si c'était banal.

Puis il a ajouté :

— Comment tu la trouves?

— Correcte, c't'une fille. Est correcte. Mais c't'une fille.

Arielle et moi, on avait presque dansé ensemble pendant une fête de classe pour la fin de l'année scolaire. Tout ça était pressenti. Elle et moi, on le savait. Mais on avait été incapables de le faire devant tout le monde. On aurait été les premiers et c'était trop intimidant. Tout le monde connaissait et sentait nos liens. Invisibles, croyait-on. Tout était si palpable. Les attirances, les vraies, sont comme des trains.

Pourquoi Med m'avait parlé d'elle ? J'ai cru que c'était pour me faire avouer. Les hommes ont cette façon directe, venue de nulle part, de se demander entre eux ; telle une confrontation. Que je lui dise pour Arielle. Que je nomme. Il se devait de savoir. C'était impossible qu'il ne sache pas.

— Parce que je vais lui demander d'être ma blonde cette année, Med avait dit. Il était sérieux. Je l'avais compris. Il était fiable.

Dire ma rage ou la contenir. Lui faire savoir qu'elle était à moi, me compromettre, ou garder le silence et continuer de faire semblant, pour rester fort. J'avais décidé de demeurer muet.

Dans les faits, sur le coup, pour cacher toute cette soudaine envie de violence, j'avais dit «Bonne chance» sur un ton de mépris. Comme si elle ne comptait pas pour moi. Mais à cet instant précis, mon ami était devenu un autre. On est rentrés sur l'heure du midi, chacun chez soi. Puis juste avant de se séparer :

— Med, on va-tu au train à soir, faire des vingt-cinq cennes, pour Luc pis Sam, avant qu'ils reviennent ?

N'importe quoi pour changer le mal de place. J'avais besoin d'élever mon existence. Me sentir un peu plus vivant que d'habitude, parce qu'Arielle était à moi, et que Med était mon ami. Tenter d'oublier ce qui venait de se passer.

Ce besoin d'exister prenait tout l'espace. On irait faire des pièces. Parce que c'est interdit. Et ça fait aussi sentir les sangs. Le sang dans les veines qui s'accélère, et qui peut nous justifier.

S'élever d'un cran. On s'est mis d'accord. Sur la base de vouloir impressionner nos amis absents. On serait des héros, lundi, quand ils reviendraient. Ils sauraient toute notre bravoure. Med et moi n'étions pas allés en vacances, mais on aurait avancé. Nous serions courageux. Il y a toujours des moments qui s'inscrivent plus profondément que d'autres. Si on ignore leurs raisons, ils nous définissent plus que nous. Même quand ce ne sont que des projets ou des idées lancées dans les airs.

On s'est donné rendez-vous après le diner. On verrait de là pour la suite. Il avait aussi trois pelouses à faire. Le vendredi, c'était sa plus grosse journée.

— Med, arrive pas en retard. Parce que c'est la fête de ma mère aujourd'hui.

— Non, je te rejoins ici, promis.

Pour ça, il était indéfectible. Toujours derrière ses mots. Lui faire confiance. Mon inquiétude.

Med ne viendrait jamais, je me disais.

J'ai passé le reste de cet après-midi seul. À regarder la télé. Un film de Disney. *La montagne ensorcelée*. Une histoire de jumeaux avec des pouvoirs magiques extraordinaires. J'avais déjà vu ce film plusieurs fois. Je le connaissais par cœur.

Vers quinze heures, j'avais préparé ma bicyclette et la brouette que j'attachais derrière. Les journaux venaient d'être livrés chez moi. À quinze heures vingt, je suis parti faire mes livraisons.

À seize heures trente, j'ai croisé Arielle, chez elle. On a jasé ensemble dix longues minutes. Jusqu'à 16 h 40. Notre plus longue conversation depuis la fin des classes. J'étais si heureux. Elle m'a demandé des nouvelles de mon été. De mes amis. « On dirait que vous êtes toujours ensemble les quatre. »

— Oui, on s'entend bien.

J'aurais tant voulu lui en dire plus sur eux. Sur eux à cause d'elle. Sur elle que je souhaitais. Mon âge n'avait pas cette force.

Je lui avais pourtant dit pour la *track*; qu'on y jouait. Je lui ai raconté ce qu'on y faisait et comment on s'y prenait. Je voulais l'impressionner. Lui faire comprendre qu'on était pleins de courage. J'ai tant voulu qu'elle m'admire. Exister à son regard. Qu'elle pense que j'étais spécial.

J'avais toujours cru que les filles aimaient les gars un peu frondeurs. Comme dans les films. Surtout ceux qui ne le montraient pas. Je m'étais gardé d'avoir des émotions ou d'en inventer. Pour qu'elle sente que je n'avais pas peur. Convaincu.

La suite m'avait donné raison : elle et moi, on irait plus loin que le simple quotidien de cet été de nos onze ans. On deviendrait des adultes ensemble. Vies parallèles et reliées. Des rails.

Je sentais le poids des cinq sous dans ma poche gauche.

— Ok, j'y vais, le train s'en vient.

On s'en est dit des choses, en dix minutes. Plusieurs sans conséquence. Et d'autres, empreintes d'une suite.

Arielle et moi, je le sais maintenant, on s'était souhaités. Les mots n'avaient pas été dits. Ils avaient été promis dans le silence. Je le savais. Dix minutes dans un été. Il y a des choses qui n'ont pas besoin d'être expliquées.

Dix minutes qui allaient changer ma vie.

— Bye Arielle.

— Bye Marc.

Je suis reparti de chez elle vers 16 h 40. Le temps de me rendre chez moi. 16 h 45.

Ma mère rentrait du travail vers 17 h 20 tous les soirs. J'y serais pour son souper d'anniversaire. Le train passait tous les soirs à 17 h 02 – 17 h 03. Un métronome. Une fois le dix-neuf avril, même de loin, je notais l'heure en regardant ma montre, il avait sifflé à 17 h 04. Je me souvenais de tous les trains. De toutes les avances et de tous les retards. J'ignore aussi pourquoi, je pensais toujours à Arielle à 11 h 11. Pendant des années, jusqu'à maintenant, j'ai mis des alarmes sur ma montre et sur mon téléphone à cette heure. Tous les jours. Pour penser à elle.

Au souper du 31 juillet, ma mère était heureuse de manger du blé d'Inde. Je lui avais fait un bouquet de fleurs sauvages en vitesse, ramassées sur le bord du chemin de fer, et de quelques autres volées chez un voisin : phlox, aster, iris, gentiane, mouron. J'aimais beaucoup quand elle était souriante et légère. Je me sentais responsable. Ma mère était forte. Elle m'élevait seule. Mon père était parti refaire sa vie dans l'Illinois avec une autre femme quand j'avais cinq ans. Ma famille, c'était elle, ses parents – mes grands-parents –, présents ce soir-là, ses deux sœurs et leurs maris. Un cousin et deux cousines.

Tous l'admiraient, surtout les femmes de la famille, d'être seule avec un enfant. J'étais son petit homme. Elle ferait un homme de moi.

Une partie de la charge responsable du bonheur que l'on porte vient souvent des autres. De leurs attentes. Mais tout était facile avec maman. On était heureux à deux. Même si elle pleurait souvent, plus que moi, en tous les cas. Au bilan, les sourires l'emportaient sur les lourdeurs. Je crois. Je sais que parfois, elle pleurait la nuit, seule.

D'où l'importance que je reste avec elle.

J'étais allé au lit comme d'habitude ce soir-là. Sans chigner. En fait, je laissais ma mère me dire quand aller me coucher pour qu'elle se sente utile. Tous les soirs, ce moment seul avec la radio et mes pensées dans mon lit, était souvent la plus belle joie de mes journées. Parce qu'à tout moment je pouvais fermer la voix de l'homme dans la radio quand ça devenait trop envahissant.

Alors j'inventais des mondes sur les murs et le plafond. Si elles étaient mises bout à bout, les heures passées à fixer le plafond feraient des mois.

Je faisais aussi beaucoup de calculs dans ma tête. Autant les chiffres que les situations. J'essayais de prévoir les réponses des gens que je rencontrerais le lendemain, en imaginant les questions possibles. Secrètement, c'était de petites victoires. Ça me rassurait d'avoir un horaire et de connaitre les lendemains. J'imaginais les gens que je croiserais. Comme un jeu d'échecs. Je suis devenu très bon à deviner les autres et présumer des évènements.

Je passais des heures à anticiper tout ce qu'on pourrait me demander. Avec mille réponses éventuelles. Comme le langage informatique. Aucun dépourvu. Rien ni personne ne saurait avoir le dessus. Une course contre le monde et le temps.

J'avais le sentiment d'exister à l'infini quand je parvenais à devancer le présent. Un présent trop banal pour moi. Je le sais maintenant. Vivre simplement ne serait pas assez. Il faudrait plus.

À 21 h 19, le téléphone a sonné. Des sons lointains. La voix de ma mère, que je devinais à travers les murs. Deux minutes plus tard, elle était dans ma chambre.

— Marc, Med est pas rentré chez lui ce soir, tu sais pas où il serait ?

— Non, on a joué ensemble ce matin au *pit*… Suis venu mangé, on s'est parlé toi et moi, il devait venir me rejoindre après le diner, il est pas venu, et j'ai regardé un film.

J'étais un peu troublé. Soucieux de lui avoir avoué qu'on avait été au *pit*. Elle ne voulait pas que j'aille à cet endroit. Ma mère a confondu la crainte de cet aveu dans ma voix avec l'absence de Med parce qu'elle s'est voulue rassurante en venant s'assoir sur mon lit et en passant sa main dans mes cheveux. Elle était heureuse quand elle croyait me faire plaisir.

— Pas grave, suis sure qu'il va rentrer tantôt, mais son père est inquiet.

Il faisait beau le soir du 31 juillet. Une nuit d'été chaude avec des étoiles. Et encore une lueur vers l'ouest à 21 h 30. Tout pouvait être normal.

— Bonne nuit maman, bonne fête, je t'aime.

— Merci mon cœur, fais de beaux rêves.

— Oui, je vais essayer de rêver à toi.

Ça la faisait rire quand je lui disais ça. Attendrie d'abord par les mots, ensuite par le deuxième degré ; je lui répétais tous les soirs. Dans le noir, elle s'imaginait que je souriais.

— Ferme ta radio pis dors.

— Moi aussi je t'aime.

Il faisait jour depuis plusieurs heures. J'étais réveillé lorsqu'on a cogné à la porte. Une voisine. Sur ma montre et sur mon cadran, il était 7 h 03. C'est important pour moi que l'heure soit juste partout.

Ma mère était allée répondre. Je l'avais entendue parler.

— Oui, il est là. Dans sa chambre. Il dort.

Le train du matin, immobile, bloquait le passage à niveau. Des voitures de police partout. Une ambulance. Un camion blanc. Un camion de pompier. Plusieurs hommes debout. Ils semblaient immobiles, eux aussi. Je les voyais au loin, de chez moi. De temps en temps, il y en avait un qui marchait. Un autre, en retrait, vers la gauche, était vêtu d'une combinaison blanche de la tête aux pieds. J'étais sur la pelouse. Au fixe. En panne comme le train. Ma mère était sévère et nerveuse. Je la sentais. Puis elle m'avait raconté ce que la voisine lui avait rapporté, en me serrant anormalement très fort contre elle.

Le corps de Med était en quatre morceaux. Coupé au milieu de l'estomac. Les avant-bras, avec les jambes sectionnées à partir du bassin, à l'extérieur de la voie ferrée. Le tronc avec la tête et une partie des bras à partir des coudes, au milieu des rails. Le train du matin n'avait pu freiner à temps. Le conducteur avait raconté aux policiers que le corps était déjà démembré quand il avait roulé au-dessus. Trop tard pour stopper.

Des corneilles aussi, au sol. C'est d'ailleurs les oiseaux qu'il avait d'abord vus. Les oiseaux ne font pas de sentiments quand il est question de leur survie. Ils mangeaient. Le conducteur avait vu une masse, puis une autre. Un corps, il s'était dit. Avec comme seule consolation que son train n'était pas passé sur Med. Ce n'était pas de sa faute. Med était déjà mort.

Je ne suis pas allé voir. Je ne me suis pas approché, malgré l'attirance. Ce qu'on m'a raconté au fil des jours, des semaines et des mois qui ont suivi a suffi pour que je m'imagine la scène. J'ai préféré me coucher sur mon lit et fixer le plafond, encore. Relier, par le vide, la mort de mon ami à ma vie.

Je suis resté dans le silence jusqu'à midi. Ma mère venait me voir, rongée d'inquiétude et d'incrédulité. Prendre des nouvelles. Me demander si j'avais quelque chose à dire, si je voulais parler ou si j'avais faim. Elle avait insisté pour que je parle.

— Non maman, je suis correct, mais c'est vraiment bizarre, c'est comme si c'était pas vrai. Comme si j'allais me réveiller.

— Je sais, mon cœur. C'est un choc pour tout le monde. Personne comprend.

La scène a été protégée et interdite d'accès jusqu'au dimanche midi. J'ignore le moment où ils ont emporté Med. Je sais que les policiers ont demandé à la famille de chercher dans sa chambre et dans la maison pour tenter de trouver une lettre ou un indice de suicide. Rien. Tous s'accordaient pour dire que c'était un garçon plein de vie.

Deux jours plus tard, un premier policier est venu à la maison. Un dimanche après-midi. Sergent-détective Racicot. C'était écrit sur la carte qu'il nous a laissée. Un enquêteur. Il a posé un tas de questions sur Med. Sur nous. Puis il a dit à ma mère qu'il y avait un service d'aide psychologique disponible pour moi, si besoin. J'avais fait non de la tête. Je n'en voulais pas. Ma mère pensait que ça m'aiderait. C'est ce qu'elle avait dit au policier. Dans un naufrage, on s'accroche à tout ce qui flotte.

Le lundi matin, le sergent-détective Racicot est revenu chez nous avec un autre policier, en uniforme, lui. Son nom était gravé sur une épinglette sur sa chemise : F. Lépine. J'étais fasciné par son arme. Une vraie. Et une femme aussi avec eux, Éliane Lamarre, une psychologue.

— On voudrait parler à votre fils. Ils ne souriaient pas. Seule la femme avait brièvement souri d'empathie en croisant mon regard, et en baissant les yeux. Elle semblait sympathique. Calme.

Les policiers m'avaient fait assoir à la table de la cuisine. Une table en fini plaqué, où se répétaient les mêmes nœuds et motifs de faux bois aux mêmes distances usinées. La psychologue aussi s'était assise avec les policiers. Personne ne prenait de notes. Ça m'avait frappé. J'avais demandé pourquoi. « On veut juste parler. » Ma mère était restée debout, accotée au comptoir, face à moi.

Ils ont voulu que je leur raconte la journée de vendredi avec Med. Les heures aussi, si possible, avec tous les détails dont je pourrais me souvenir. J'ai fait de mon mieux. Quand j'ai eu fini, le sergent Racicot m'a dit que plusieurs personnes nous avaient vus ensemble cette journée-là, et qu'il voulait savoir si on était allés ensemble sur la voie ferrée en fin de journée.

Je lui ai raconté qu'on était déjà allés quelques jours plus tôt, avec d'autres amis aussi, et toute l'histoire des cinq cennes qu'on transformait en pièces de vingt-cinq. Ses sourcils s'étaient soulevés, amusés, et il m'avait dit qu'ils en avaient trouvé plusieurs autour du corps de Med. Je lui avais aussi raconté qu'on avait planifié y retourner ce vendredi fatal.

— T'étais où à 17 h ?

— Je sais pas où exactement, mais je passais mes journaux et j'ai parlé sur la rue avec mon amie Arielle un bon moment, et je suis revenu ici après.

Ma mère avait ajouté : « Il était ici quand je suis arrivée à 17 h 20. »

— Ça te fait quoi pour ton ami ? avait demandé la psychologue.

— On dirait que c'est pas vrai… j'arrive pas à le croire… On est allés jouer au *pit* de sable tout le matin et là mon ami est plus là… mort. Je le reverrai plus jamais. C'est comme si j'allais l'entendre arriver dans l'entrée, avec sa bicyclette.

Mes yeux s'étaient brouillés. J'avais essuyé avec le dessus de mes doigts. Ma mère s'était approchée et elle avait mis une main dans mes cheveux, pour les replacer. Probablement plus par affection ou empathie, je m'étais dit. Je ne comprenais pas tout à fait. Mais ça rassurait tout le monde et ça faisait du sens, dans les circonstances.

Il y a des gestes qu'on pose et qui ne servent à rien. Parfois, ne rien faire ne fait pas de sens.

Ils sont repartis comme ils étaient arrivés. La psychologue avait tendu une carte à ma mère et elles s'étaient parlé en chuchotant, à l'écart.

— Elle demeure où, ton amie Arielle? le sergent avait demandé en sortant.

— 4420, rue des Franciscaines, j'avais répondu.

Je connaissais son adresse par cœur. Comme celles de toutes les maisons où je livrais les journaux. La sonnette ne marche pas, brisée, faut cogner sur la vitre à droite de la sonnette pour qu'ils entendent. Mais je ne leur avais pas dit.

Ma mère lui avait confirmé l'adresse exacte en fouillant dans l'annuaire téléphonique. Arielle Murphy. La fille de Pierre Murphy.

En refermant la porte, elle m'avait dit que ce serait bien que je revoie la psychologue.

— Oui, maman, ok.

Ça l'avait apaisée je crois.

Les funérailles ont eu lieu le mardi matin. Dans un coin de la ville qu'on ne connaissait pas. Dans les faits, c'était un enterrement. J'ai croisé plusieurs de nos amis de classe. Luc et Sam y étaient. On ne savait pas comment réagir. Ni comment se comporter. J'avais été le dernier à le voir vivant et ça me conférait un pouvoir; celui de rester silencieux et d'être le plus atteint. On me visait du regard.

Sa famille n'avait récupéré le corps que le lundi après-midi, à cause des enquêtes et des prélèvements.

Dans la rumeur ambiante et les médias, il persistait une inquiétude sur sa mort. La police voudrait aller au bout de cette histoire. Force sociale. Surtout dans le cas d'un enfant. La veille, à l'émission de Pierre Pascau, j'avais entendu le sergent-détective Racicot en entrevue. Il ne pouvait pas tout divulguer car une enquête était en cours. «Quelque chose clochait assez pour enquêter», il avait dit.

C'était la première fois de ma vie que je connaissais quelqu'un qui passait à la radio. J'avais été impressionné par cette réalité. Me demandant si c'était véritablement lui. Le même homme qui était venu chez moi.

Dans les rites musulmans, tout doit se faire vite. Pas comme les funérailles de mon grand-père, où il y avait eu quatre longues journées de salon funéraire et d'exposition du corps, après une attente de plusieurs jours, suivie d'un service religieux catholique interminable, qui s'était terminé avec la mise en terre du cercueil. Neuf jours après sa mort. Des fleurs et des gens bien habillés. Fatigués aussi d'entretenir la mort et de l'étirer.

Pour Med, un trou. Avec au fond une forme presque humaine dans un drap blanc. La tête et le corps tournés vers La Mecque. On était là, regroupés autour d'une fosse, à écouter des prières en arabe auxquelles on ne comprenait rien, mais dont le ton solennel me rappelait celles de l'inhumation de mon grand-père. Avec des larmes et des pleurs. Un moment donné le silence. Le père de Med s'est penché, a pris une poignée de terre et l'a lancée sur le corps de son fils. Une deuxième, et une troisième. Suivi par sa mère, ses sœurs, d'autres membres de sa famille et des amis. Un autre silence. Je me suis avancé pour jeter trois poignées de terre, comme eux. Avec ma mère qui pleurait comme une Madeleine. À la fin, le drap blanc avait disparu. Enseveli.

La suite de l'été s'est passée au ralenti. Tout le monde est resté de son côté. Maté par une sorte de gêne.

Hormis une vigile à la mémoire de Med – le vendredi suivant sa mort –, qui ressemblait aux images des hommages publics improvisés. Sur le bord de la *track*, avec des fleurs, des chandelles, des lettres, des dessins et un toutou. On n'en parlerait plus après cette journée.

Pour une des rares fois de notre vie, nous avons tous souhaité septembre et le retour en classe. Parents et enfants. Le deuil s'est installé profondément. Le vide aussi. Med nous a manqué. C'est la réalité quotidienne et entière de nos vies qui a tangué. Des vies qu'on croyait simples. Des vies d'enfants. Arrachées de leur orbite et projetées ailleurs. Dans le vrai monde et ses sentiments. Les heures et les jours se ressemblaient, mais teintés d'une gravité qui nous était insoupçonnée jusqu'ici. Une avance, sur des faits vécus, dont on se serait passé.

Je n'avais pas reparlé à Arielle du mois d'aout. Simplement croisée aux funérailles, une autre fois dans un commerce, et sur la rue à travers mes livraisons de journaux. Je savais que je devais la remercier.

Une semaine avant de retourner à l'école, j'avais libéré nos deux couleuvres en renversant la boite en bois. Elles étaient restées immobiles. Confortables sans doute de leur captivité. Inconscientes de leur liberté. Peut-être étaient-elles mieux restreintes ? J'avais presque souri de ça. Le soir, elles n'étaient plus là. Peut-être aussi mangées par une corneille, j'avais pensé.

J'avais accompagné ma mère le dernier samedi des vacances, pour acheter mes fournitures scolaires. Je détestais ce moment où, liste en main, on devait chercher et trouver le matériel scolaire. Cahiers Canada 48 pages, huit crayons Berol HB, un tube de colle Lepage, un rapporteur d'angles, des cartables de couleur, un aiguisoir… Je n'ai jamais su comment ma mère parvenait à tout trouver. Pour moi, ce moment était une hantise. Un grand stress dans ma vie. J'ignore si c'est de cette manière que les douleurs s'adoucissent et que le deuil permet d'apprivoiser les horreurs ; un état d'angoisse qui chasse un état de choc. Et ainsi de suite. Jusqu'au prochain.

Je me souviens de m'être dit que Med était chanceux de ne pas avoir à faire cette liste cette année. J'allais le dire à la psychologue. J'étais convaincu qu'elle aimerait ce sentiment.

Éliane Lamarre venait une fois par semaine à la maison. Ma mère avait assisté aux deux premières rencontres parce qu'elle avait pris congé après l'évènement. Pour rester près de moi. La troisième semaine d'aout, celle où normalement on allait en vacances, elle était retournée au travail. C'était compris. La psychologue viendrait quand même. Elle avait rassuré ma mère sur cette rencontre seule à seul avec moi. J'étais nerveux. Étrangement, et même si c'était en silence, la présence de ma mère m'avait rassuré. Pour moi, même si elle semblait vouloir aider et qu'elle avait de l'empathie, la psy était une ennemie. Je ne savais pas pourquoi. Je croyais qu'elle voulait m'acculer à mes émotions. J'appréhendais beaucoup cette première rencontre en tête-à-tête. Alors j'ai un peu résisté à nommer, à cause de cette peur que j'ai des sentiments. Je sais aujourd'hui que ses visites chez nous visaient à ce que je sois à l'aise. En confiance. Et sans méfiance. Cet été 1981, j'ai appris, chanceux et avec violence, à faire confiance à mon instinct. Sans faillir depuis.

La première visite face-à-face s'est déroulée normalement. J'ai fait semblant d'être nerveux, j'ai aussi pleuré un peu pour la rassurer, et j'ai beaucoup parlé du manque et de la disparition de mon ami. Je voyais qu'elle aimait ça quand je parlais du vide de Med. Je faisais des pauses au milieu des phrases quand je lui racontais tout ce qu'on avait fait depuis la fin des classes. Éliane Lamarre aimait beaucoup que je me révèle vulnérable et fragile. Je le voyais dans ses yeux. Ça correspondait à ses attentes, et ça suivait le protocole du deuil. Quand j'avais fait des aveux repentants sur cette idée stupide d'aller faire écraser des pièces de monnaie par le train, j'avais éclaté en sanglots, surpris moi-même par les grosses larmes chaudes et étrangères qui coulaient sur mes joues. Elle avait dit de me laisser aller, que ça ferait du bien et que c'était normal. J'étais fier d'avoir pu pleurer à ce moment précis et d'avoir trouvé ce canal. En dedans, Med me manquait, pour le vrai, mais je n'étais pas triste du tout.

La semaine suivante, encore seule avec moi, elle avait posé plus de questions que d'habitude. Plus insistante. Comme si on se connaissait. Une familiarité trop étrange pour être vraie.

Elle voulait des détails de cette dernière journée, plus près des faits. Elle répétait souvent les mêmes questions, de différentes manières, et voulait savoir de quoi on avait parlé le matin, et la veille. Comment Med et moi on s'était quittés, cet avant-midi-là ? Pourquoi on n'avait pas écouté *La montagne ensorcelée* ensemble dans l'après-midi ? Elle avait insisté pour me raconter la mort de Med avec beaucoup de détails. C'est là que j'ai su qu'il y avait une enquête parce que ses bras avaient été coupés par les roues du train. Normalement, elle avait dit, s'il était tombé par accident, il aurait eu le temps de relever un ou deux bras pour tenter de se protéger avant de toucher le sol. Med était tombé à plat, les bras le long du corps. Les bras coupés en même temps que le tronc.

Éliane Lamarre avait fait une pause. J'avais baissé les yeux. Au sol. J'avais fixé ses pieds et son sac à main, posé au sol. De longues secondes.

Un moment donné, à cause de l'angle du sac à main – la fermeture éclair était un peu ouverte –, et d'un rayon de soleil, j'avais remarqué une lueur. Un reflet bleuté, sombre et métallique. Une arme à feu.

C'était une policière.

Rien n'avait paru. J'étais fier d'avoir su me contenir. Quelques secondes plus tard, je pleurais à m'étouffer, pris de tremblements. Elle m'avait consolé, presque maternelle. La seule fois. J'avais des convulsions, et ne parvenais à parler qu'en reprenant mon souffle. Ce qu'elle venait de me dire justifiait la réaction, je m'étais dit.

En crise. Aux limites de l'hystérie. Je criais que Med me manquait, que la vie était injuste. Des sons à peine compréhensibles, en apnée ; tout ça était impossible. Mon ami n'était pas mort. Irréel. Jamais je ne me remettrais de sa mort.

Quelques minutes plus tard, je m'étais calmé. En réalité, je lui avais laissé croire que c'est elle qui m'avait apaisé. Elle m'avait encore serré contre elle, je me souviens de ses seins sur moi, ça m'avait impressionné, un début de désir.

Elle avait ensuite appelé ma mère pour lui dire que j'avais fait une crise. Et moi, rassurant mais toujours un peu triste, j'avais dit à ma mère que j'étais ok ; tout irait bien. Je resterais ici tranquille jusqu'à son retour en fin de journée, à lire des bandes dessinées dans ma chambre. Éliane Lamarre, l'agente, était repartie en promettant de revenir la semaine prochaine. « Ça ira mieux, Marc, tu vas voir. » J'avais refermé la porte derrière elle, je m'étais servi un bol de crème glacée à la vanille avec plein de sirop d'érable, et j'avais allumé la télé.

La psy-policière est revenue jusqu'au début des classes. Je n'ai jamais dit à ma mère qu'elle était de la police. Elle aurait été trop inquiète. C'était beaucoup d'émotions déjà pour un été.

L'école a recommencé. On s'est retrouvés tous ensemble pour la première fois depuis la mort de notre ami. C'était un peu étrange. Un malaise commun et silencieux. On ne savait pas comment faire pour poursuivre la route.

J'avais trouvé ça curieux que tout puisse continuer ainsi. Sans instruction précise.

Les jours se sont enfilés et l'absence de Med est presque devenue normale. J'avais repris le hockey et les devoirs. On lui avait rendu un hommage dans le gymnase de l'école, le mardi 22 septembre. J'avais lu un texte que j'avais écrit devant toute l'école. C'était dans l'ordre des choses que je parle. Et une boite, avec des photos, des lettres et des dessins, qu'on avait remise à sa famille. Nous en parlions de moins en moins. On voulait être ailleurs. Tourner la page. Les adultes qui manquaient de mots disaient « la vie continue ». La veille de cette dernière cérémonie, le soir du 21, à la radio, le rapport de police avait été rendu public. Un accident. Parfois, la vie s'arrange pour faire du sens.

J'avais croisé Arielle ce jour-là, en finissant ma *run* de journaux. Chez elle, fin de journée. 16 h 40.

— Ils sont venus te voir, les policiers, cet été, après Med ?

— Oui. Je leur ai dit que t'avais été ici, avec moi, jusqu'à 17 h 15. Que t'étais reparti pour arriver chez toi avant ta mère, pour sa fête d'anniversaire.

— Merci.

Je l'avais trouvée encore plus belle que d'habitude. J'avais pris mon temps en revenant à la maison. Je me souviens aussi que le train avait sifflé à 17 h 02 pile ce deuxième jour d'automne. Comme d'habitude.

J'ai toujours une photo de Med et moi, côte à côte, prise en mai ce printemps-là. On souriait, fiers. Derrière nous, le magnolia chez ma mère, en fleurs.

3.

Ça fait quinze ans que je parle aux fleurs.

Le magnolia fleurit. Dernière d'avril. Toujours la dernière d'avril.

Cet arbuste m'impressionnait. Enfant, je n'arrivais pas à comprendre comment une plante pouvait fleurir avant d'avoir des feuilles. Plus tard, chez moi, j'en aurais un. Ça durait deux semaines. Les grosses fleurs blanches et lourdes tombaient une à une, et le petit arbre s'enfeuillait. Début mai. Au moment où les pommiers devenaient blancs, à leur tour. La saison des couleurs et des odeurs. Partout. Les racines aussi me fascinaient depuis l'enfance. Elles sont enfouies sous terre, tranquilles et cachées. Essentielles. Même si on ne les voit pas. J'ai grandi avec cet arbre.

J'ai toujours eu besoin de repères. Débuts et fins. J'ai balisé toute ma vie avec les cycles naturels. Ils m'ont rassuré. La lumière qui varie. Les saisons. La musique de Noël en décembre, surtout la chanson de John Lennon *Happy Xmas (War is Over)*. L'odeur de la crème solaire en juillet. Le parfum des fleurs. L'odeur du maïs quand il est cuit. Même les règles d'Arielle m'ont servi de signet.

C'est d'abord ça qui m'a manqué d'elle. Cette constance naturelle. Rythmée par la nature. Cycle de femme. Comme des souvenirs. Chaque cycle, une promesse et une déception. Rassurantes récurrences. Des preuves que les jours existent. Des bornes de chemin. Les voies du temps. Une permanence.

Comme l'horaire d'un train. Comme ce rêve chronique que je fais encore aujourd'hui, où tous les trains sont à l'heure, passent devant moi et tombent dans un ravin parce que les rails sont coupés au-dessus du vide. Ils s'empilent quelque part au fond. Un jour, l'empilement sera visible. Il y aura un dernier train. D'ici là, je les regarde disparaitre, avec le même envoutement.

L'été de nos douze ans, Arielle et moi, on l'a passé ensemble. Un an avait passé depuis la mort de Med. Il devenait doucement un souvenir. J'avais beaucoup abandonné mes amis garçons. L'été d'avant avait brouillé nos vies, et il était facile, peut-être même convenu, de s'éviter.

Arielle avait pris toute la place. Avec elle, je faisais la même chose qu'avec eux, mais il y avait plus, parce que c'était une fille. On ne se posait pas trop de questions, consciemment.

Toutes les veilles, on savait que le lendemain on serait ensemble. Pas besoin de faire de plans. On se retrouvait. Si un de nous arrivait en retard; si j'avais une pratique de hockey; si elle allait faire des courses avec sa mère, ou son équitation, rien. Nous n'étions jamais inquiets de l'autre. On reprenait exactement où on s'était laissés. Les adultes étaient attendris par notre relation. Je crois qu'on leur faisait du bien. Surtout ceux insatisfaits de leurs amours. De la réalité.

Avec elle, c'était facile et normal. Ça me manque depuis qu'elle est morte elle aussi.

Parfois, un mot, une phrase, qui font surface. De nulle part. J'adore ces moments, où de nulle part, re-surgissent des souvenirs. Sans chercher à comprendre.

— Ma mère est pas vraiment pas intelligente. Ce matin, elle a appelé le 911 à cause d'un pic-bois qui picossait le mur à l'arrière de la maison.

J'entendais. Sans rien demander. Sans attente. Tout reprenait son cours. Ça pouvait expliquer des heures. Un retard. Une absence. Elle avait raison ; sa mère n'était pas intelligente. Arielle est la preuve amoureuse, et possible, qu'une fille ne ressemble pas à sa mère.

C'était aussi l'âge où on prend la mesure des grandes personnes. Les premières désillusions, ces troublantes prises de conscience. La réalité nous avait frappés fort l'été précédent.

On s'est construit un monde en marge, elle et moi. Une résistance aux secondes et aux années, qu'on devinait illusoires dans la suite. On détestait l'avenir. On avait deviné et pressenti le brisement des années adultes. Par soustraction ; on voyait nos parents. Leurs dissonances, et l'écart des rêves qu'ils racontaient par-fois à d'autres, aidés par la bière et le vin, déçus par l'enflure.

On a appris tôt à ne pas avoir d'attentes.

Il n'y aurait pas plus. Tout était là.

Plus tard, jeunes adultes, Arielle et moi, on s'est mariés à cause de sa mère, pour lui faire plaisir : elle avait un cancer qui serait bientôt terminal. Elle avait tant souhaité voir sa fille mariée et heureuse. Pour elle, ça voulait dire le bonheur. La mère d'Arielle n'était pas éveillée. Rien de grave, dans la moyenne de la bêtise ; peu d'émotions sensibles, des lieux communs, et beaucoup de téléséries et téléromans. Une procuration ; la télé comme soins actifs d'un inconfort social et spirituel. Passif. Le vide qu'on regarde.

Le père d'Arielle, un fonctionnaire gentil et sans envergure, acceptait sa femme telle quelle. Il semblait avoir plus d'écho, mais sans plus. Ses grands-parents à lui étaient venus d'Irlande ; ça expliquait les cheveux roux d'Arielle et ses taches de rousseur. Elle enrageait, des années plus tard, jeunes adultes, quand je l'appelais « ma petite sirène ». Elle lui ressemblait, au personnage du dessin animé de Disney.

Tandis que la véritable histoire, de 1836, parfois nous ressemblait un peu, son père ne connaissait pas Hans Christian Andersen quand il avait insisté pour prénommer sa fille Arielle quand elle était née. Il avait fait les cent pas dans un corridor de maternité, fier, se demandant comme il allait l'appeler. Sa fille sortie du ventre de sa femme, et née rousse. Arielle, il s'était dit. Un prénom qu'il viendrait à oublier.

« Monsieur Murphy », j'ai toujours dit, même quand la démence avait effacé son passé. Un homme simple. Sans envergure. Avec quelques poussières de lucidité ici et là.

Si je devinais parfois dans son regard et ses gestes une certaine inquiétude ou une honte, il semblait tout de même aimer sa femme, dans ses limites. Assez pour faire quelques décennies, contenté semblait-il, avec elle. Ou il faisait admirablement semblant. Ce qui, de mon point de vue, était possible et digne de mention. Faire semblant de vivre m'émerveillait depuis long-temps. Surtout ceux dont la vie est misérable, et qui continuent de sourire. Ceux aussi qui boivent, sans se poser de question, pour passer à travers les mensonges et les déceptions ont toute mon admiration.

Un jour, à mon insu, je m'étais surpris à envier les parents d'Arielle. J'avais souhaité, ne serait-ce qu'une heure, pouvoir être dans une autre conscience. D'où j'étais, leurs existences m'apparaissaient plus faciles que la mienne. Moins d'ombre. Moins de tourments. Un quotidien régi par un horaire. Un travail cadré. Les samedis et dimanches en congé. Une sortie de temps en temps. Trois semaines de vacances annuelles, au camping, programmées un an d'avance. Quelques journées de maladie. Les mêmes vœux répétés à tous les premiers de l'an.

Les parents d'Arielle étaient croyants. Une piété ouvrière simple que j'enviais ; être capable de s'en remettre à plus grand, pour classer quelques vertiges. Dans un enchainement d'années plutôt calmes. Jus-qu'à la fin. Attendre l'effondrement comme on attend quelqu'un à qui on a donné rendez-vous.

Alors on s'est mariés à l'église catholique. Pour eux. En toute sincérité. Ça me faisait drôle. Quand on en parlait, on souriait, elle et moi. Lucides. Arielle et moi, on s'était promis ailleurs. Le curé nous avait crus.

— Merci Màrc, elle avait dit en chuchotant, quand on s'était retournés vers les gens dans l'église pour s'embrasser devant eux.

J'étais sincèrement ravi. Rendre les autres heureux. Réception dans une salle communautaire. C'est sa mère qui avait tout organisé. Je n'ai jamais cessé de la détester, même si j'avais compris ses limites et sa volonté. Elle n'était pas éveillée, et ses émotions étaient fausses. Mais c'était la mère d'Arielle, et elle était heureuse de voir sa fille se marier, avant de mourir.

Mais quand ma belle-mère est morte, après avoir fait chier sa famille et la planète entière avec ses malheurs et sa maladie, et avoir trainé sa pitié avec fierté jusqu'à sa tombe, je n'ai eu aucune émotion, et aucune intention de faire semblant d'en avoir. J'étais resté spectateur. Arrière-scène. Détaché. Mon seul geste humain a été d'avoir étreint son père, la seule fois depuis qu'on se connaissait, dans un autre corridor d'hôpital, celui des mourants, alors que sa femme venait de s'éteindre dans une chambre laide et sans âme. Avec comme seule trace de beauté, mise dans un verre en plastique, une marguerite que j'avais arrachée d'une bande fleurie en face du stationnement payant de l'hôpital. Personne n'aurait osé planter des fleurs dans un stationnement, je m'étais dit, au risque de perdre des espaces et des revenus. Parfois j'imagine les choses pires qu'elles ne le sont. Il m'arrive de me surprendre. Son père ne m'avait pas étreint, lui, quand sa fille est morte quelques années plus tard. Il avait commencé à perdre la tête déjà. Rien de grave, mais j'avais remarqué. Quelqu'un de la famille l'avait amené à la cérémonie. En fait, j'ignore encore à ce jour s'il a eu conscience qu'Arielle était morte. Parfois je l'envie.

Tout ce que je me rappelle des funérailles de la mère d'Arielle, ce sont les fleurs. Belles et organisées. Mille odeurs. Des bouquets et des couronnes.

Le même curé qui nous avait mariés quelques mois plus tôt. Je crois qu'il avait lié les deux évènements dans son oraison : les beautés et les horreurs nous accompagnent... c'est le destin de Dieu... les épreuves.

Je n'avais pas écouté et j'avais été surpris que ce soit soudainement terminé. Les gens s'étaient levés, soulagés. Tout continuait.

Malgré ma défaillance de sentiments, la vie normale m'avait presque toujours enchanté. Elle m'a quelquefois semblé accessible. Je crois l'avoir comprise. Comme cette histoire de marguerite. J'enviais aux autres la capacité de pouvoir être charmés par les petits gestes. Ça aussi, je l'avais appris. Le manque et l'envie sont de fabuleux moteurs de vie.

Le quotidien est rempli d'indices. On nous dit à longueur d'année ce qu'il faut faire pour être gentil et compréhensif. Il est facile d'avoir des comportements adaptés et attendus. Les signes sont là, simples à décoder. Et encore plus faciles à appliquer.

Un jour, on était ensemble depuis quelques années, je l'avais dit à Arielle. On s'était fait du café dans une cafetière espresso verticale, une forme de sablier, comme dans les films de cowboys.

— Ari, j'ai pas vraiment de sentiments ni d'empathie pour personne. Suis né comme ça.

— Je sais, Marc. Ça fait longtemps que je sais.

Sa contenance m'avait calmé. Je n'étais pas inquiet du fait, mais de sa réaction. Il y a des jours, surtout avec Arielle, où nos limites étaient effleurées. Tant de fois, un mot, un geste ou un silence aurait pu tout changer. Parfois, on s'inventait des précipices de sentiments avec cris et larmes. Pour s'aimer davantage. Tant d'autres fois aussi, où j'avais retenu des paroles et des gestes. Pour continuer. Nous n'étions pas génériques.

— Suis intense, tsé.

Elle avait dit. Croyant me révéler quelques chose d'important. Comme une excuse. Ça faisait longtemps que j'avais compris et que j'étais là en pleine conscience. Je n'avais rien répondu. Répondre nous aurait amenés ailleurs.

Je me souviens précisément des dates et des secondes où je n'avais pas touché sa main. Où j'avais découragé un son, un mot. Pas seulement pour elle. Pour d'autres aussi.

Je sais par cœur plusieurs centaines de moments de ma vie où j'aurais pu faire dévier le destin d'une autre personne. Un regard, un signe, une caresse. Des pensées empêchées. Un câlin réprimé. Des envies retenues. Par convenance.

Arielle n'avait rien dit de plus. Elle savait qui j'étais. «Une raison de plus de t'aimer», j'avais dit en souriant. J'avais cru, à tort, que cet aveu me soulagerait.

Un vœu. Depuis notre petite enfance, on fait l'éloge de la vérité. On nous dit que c'est une valeur. Une vertu. J'ai voulu l'embrasser, c'était le moment. Le ciel criait sa beauté.

J'attendais l'émotion. Pourtant rien. Rien n'avait changé en moi. Déçu de cette confession. J'avais nommé, et imaginé cette minute comme une révélation. Pendant des années. Lui dire. L'attente avait été plus belle que la confession.

Lui dire ce que j'étais. Ne plus porter ce poids. Une charge accablante. Je m'étais trompé, et ça me faisait drôle. Un ravissement. Ou une sorte de consolation. La vie me donnait raison. Enfin. La réalité n'était pas aussi belle que son rêve.

Aucune délivrance. J'étais resté le même.

À travers quelqu'un d'autre. Pour qui une fissure n'était pas une terreur. Pour qui un ravin ne serait pas la fin. On n'est pas toujours obligé d'aller au fond du gouffre.

— Y a des questions que tu peux pas poser, ok ? À cause de la vérité.

— Ok.

C'est de là qu'on a continué. On est devenus plus sérieux, elle et moi. On s'est fait un chemin. Sa mère morte. Son père finalement pris de démence sévère, et placé dans un centre. On allait le voir un dimanche sur deux. Arielle en sortait dévastée. Je l'accompagnais, fasciné par ces corps mutilés par les années, perdus dans la vieillesse, toujours un peu vivants. Mais éperdument inutiles. Dans une chaise berçante. Debout dans un corridor ou couchés dans un lit. Usés. Qui ne servent plus à rien. Les yeux vides. Des corps qui attendent la mort. Oubliés par leur mémoire. Dépouillés de leur conscience par les trop longues dernières heures.

Chaque fois, je me demandais pourquoi on les gardait en vie. Et je les enviais un peu.

— Arielle, t'as pris pistache le 18 avril, le 13 mai, le 16 mai, le 23, le 29. Et encore le 2 juin, le 9, le 11 aussi.

J'ai toujours eu la faculté des souvenirs. Dans le ventre de ma mère, cette mine, la nature m'a donné une licence du temps. Disposition de l'esprit. J'ai une mémoire hors norme.

Et des mots pour raconter. On était le 19 juin. Elle se tenait debout devant le comptoir des glaces, sur Saint-Laurent, et elle hésitait. Ça me faisait sourire. Je sais qu'on ne se réinvente pas. La fille attendait qu'elle se décide. Elle m'avait souri, impatiente, avec raison.

Arielle avait tenté de lui expliquer que c'était les vraies dates que je venais de nommer. La fille n'en avait rien à foutre. Elle s'était avancée, pliée, dans le comptoir glacé, avait commencé à gratter la pistache et avait tendu le cornet à Arielle sans attendre son choix.

On était sortis en silence. On avait marché la route du retour en mangeant nos glaces.

— Marc, j'aimerais ça qu'on écrive un truc ensemble.

— Ok.

On s'est échangé un texte pendant presque un an. Allers-retours. Elle écrivait, je lisais, et continuais. J'écrivais et elle s'arrimait à ma suite. Moi à la sienne. Aucune règle. On pouvait détruire ou effacer les mots de l'autre. Avec comme seule obligation d'améliorer et servir l'histoire. J'ai beaucoup appris sur elle à travers ses mots. Une autre. Racontée.

De ce projet d'histoire est né un respect que je n'avais jamais soupçonné. Parfois on s'engueulait. Parfois on s'admirait. On nourrissait le texte de nos vies. Et celles-ci de nos mots. On a réussi à confondre nos voix. *Carnets d'une amoureuse*, ça s'appelait. Au début, on avait raconté nos enfances. Nos petites vies. Celles d'un garçon et d'une fille de onze ans. Ça commençait là. Un texte de mémoires.

L'été avançait. Le matin, on prenait un café ensemble. Assis face à face. Provoquer la parole. Elle savait faire. Je préférais le silence.

— Heille, je te parle.

— Je sais.

Elle insistait pour boire son café dans une petite tasse en porcelaine que j'avais faite à Limoges. Tous les matins, le même rituel. Si la tasse était sale, elle la lavait. J'avais écrit « je t'aime » au fond. La soucoupe avait un cœur peint en rouge. Elle s'obstinait à utiliser les deux. Selon les conventions de service et de bienséance.

Un matin j'avais échappé la tasse sur le plancher de céramique.

— Est-ce que tu m'aimes encore Marc ?

— Oui Arielle... est pas cassée, la tasse...

— Ok... Oh, regarde, le merle est revenu.

Chaque printemps, dans notre cour, un couple de merles venait faire son nid. Elle disait que c'était toujours les mêmes. Peut-être avait-elle raison. On a vécu plusieurs années dans cette maison, et je ne crois pas que les oiseaux vivent aussi longtemps.

Si son regard du fait me touchait, le retour des oiseaux me laissait indifférent. Pour elle, c'était plein de sens. Elle répétait souvent que les oiseaux sont fidèles jusqu'à la mort.

— Tu crois ça ?

— Oui.

Elle voyait des signes partout. Heureuse de l'idée du destin. Arielle croyait que les faits de la vie lui parlaient. Tout le temps. Partout.

Elle voyait des présages à chaque coin de rue et en tout lieu, qu'elle arrimait à son présent. Des paroles de chansons, un livre, un étranger croisé deux fois sur une même rue, un biscuit chinois. Elle se laissait guider par ses croyances. En raccordant le hasard aux occurrences, elle s'en faisait une bonne fortune. Les soirs de pleine lune pouvaient expliquer un risque, une pensée ou un sort. Les solstices servaient des augures. Les hasards, des oracles.

J'imagine que la féerie enivre notre nature.

En rétrospective, quand je me repasse ses gestes, je suis convaincu qu'elle savait qu'elle allait mourir. Des signes pour moi. Que je n'ai pas su deviner.

J'étais jaloux de sa conscience. Ça m'impressionnait. J'ai tant souhaité pouvoir m'expliquer, de l'extérieur. Croire le ciel responsable de la poésie. Avoir le sentiment qu'on puisse être guidé.

Persuadé que ça m'aiderait à avancer. Parfois, rarement, je parvenais à m'endurer. Mais en général, c'était toujours aussi difficile d'être en marge de soi. Rien de spécial, mais dans les faits, j'étais beaucoup plus compliqué qu'elle.

J'ai vécu, en majorité, une existence à m'éviter. Pour survivre.

L'été a coulé doucement. Son dernier été. Arielle. On avait fait un potager. Elle y veillait comme un trésor. Tous les matins, après le café, elle allait désherber.

À genoux, elle y passait une heure par jour à arracher les mauvaises herbes. À tuteurer les plants. À cueillir.

— Marc, y a un raton laveur qui a couché tes plants de maïs.

Les plants de maïs, et autres plantes étaient à moi quand elle voulait que je m'en charge. J'armais le piège Coney Bear, je le mettais dans une chaudière en plastique, couchée au sol, appâtée avec une guimauve. C'était infaillible. Le lendemain :

— J'ai pogné ton raton.

— Merci.

De juin à octobre, les soirs, on mangeait nos fruits et nos légumes. Notre projet de roman s'était étoffé. « C'est presque un livre », j'avais dit au début de l'automne.

— Faudrait une lettre de suicide, pour la princesse folle. Tu veux que je l'écrive ?

— Non, c'est bon, je l'ai. Je vais la faire.

Arielle avait voulu l'écrire. La princesse folle, c'était son personnage, qu'elle s'était inventé quand on avait onze ans. Elle lui appartenait plus qu'à moi. Une princesse, enfermée dans un asile, si belle qu'un prince était venu la délivrer en se faisant passer pour fou lui-même, avant de tuer violemment tous ceux qui les avaient fait interner. Arielle aimait les fables et les fantômes. Rien de romantique ici. La princesse n'avait pas de robe, elle jardinait, n'était pas maquillée, et elle avait les ongles sales.

Elle était d'une fureur qui parfois me surprenait. Arielle Murphy portait en elle toute la détresse et la violence naturelle d'exister. À ça, en souvenir, je souris encore.

Elle aimait par-dessus tout la poète Marie Uguay, à qui elle vouait un culte. À qui elle parlait, elle aussi, comme un fantôme. En lui demandant conseil. Son fantôme.

C'était d'ailleurs la dernière œuvre que j'avais faite, à mon atelier de Brooklyn. Un portrait de Marie Uguay. Pour elle. Elle avait été bouleversée par sa poésie, et par la lecture de son journal. Un jour, en revenant de l'atelier, je lui avais offert le petit tableau, que j'avais accroché en cachette sur le mur de notre chambre, sans qu'elle s'en doute.

En se couchant ce soir-là, elle m'avait détesté. En silence. Pas un mot du moment où elle avait enlevé ses verres de contact, jusqu'au lendemain.

C'était un portrait assez académique et réaliste, de face, de la poète, dont j'avais « violenté » la bouche avec du blanc et du rouge. Arielle avait pleuré en revenant au lit après avoir mis ses lunettes. Elle avait fixé le tableau. Émue et transpercée.

— J'ai rien à dire, ok. Va chier, Marc.

Je crois que c'était de l'amour, ce geste. De ma part. Vouloir l'émouvoir. Souhaiter ses sentiments, et son enchantement. J'étais heureux quand ça marchait. J'aime quand ce qui est prévu se produit.

Elle l'avait décroché. Et ré-accroché sur le mur face au lit, pour qu'une fois couchée ou assise, elle puisse le voir. En tout temps. Soirs et matins.

Le portrait est devenu liturgique. Dès lors, il a fait partie de sa vie, de ses vœux et de son quotidien. Elle le regardait sans cesse. Un jour, j'avais voulu le replacer, droit. Elle m'avait interdit d'y toucher.

— Arielle, c'est moi qui ai fait l'objet, je veux juste le remettre à niveau.

— Tu touches pas à ma Marie.

Son ton était sans équivoque. Menaçante. Belle Arielle.

Elle s'était levée du lit et l'avait remis « croche ». Le tableau est resté comme ça pendant des mois. Ça me faisait sourire, cette veille. Une garde fortifiée, comme si elle était l'unique dépositaire et protectrice de cette femme morte trop tôt. Et de ses mots qui l'ont tant touchée. Arielle un auspice. Parfois, selon les saisons, le soleil frappait l'image. Un présage. Sa journée serait magique.

Chaque jour, elle touchait l'œuvre de ses doigts, comme on effleure une relique. Pour conjurer le sort. Ou supplier.

Marie Uguay est morte en 1981. Arielle et moi, on avait onze ans.

De toutes nos années amoureuses, distantes ou intimes, pendant plus de vingt-six années, ce sont les derniers mois qui m'auront quasiment rendu humain. Je passais de longues heures à l'observer. Et d'autres encore plus longues à l'imaginer.

Au début de nos vies adultes, on venait d'emménager ensemble et j'avais toujours un horaire qui m'amenait à voyager partout et souvent. Pour mon art. De plus en plus de reconnaissance. À l'âge que j'avais, il était trop tard pour renoncer. Il est vite devenu évident que le seul défi qu'il me restait, et c'était le plus grand : durer.

Le devoir de durer. Avoir ce souffle. Survivre aux autres. Une obligation.

— Marc, j'aime pas ça quand les seules nouvelles que j'ai de toi, c'est de savoir dans quelle ville du monde tu dors ce soir.

On allait s'installer en campagne quelques mois plus tard.

Ça m'avait sonné. C'est à partir de là que je m'étais fait à l'idée de me poser. De venir à elle pour de bon. Revenir. De toutes mes forces, j'ai tenté de calmer la tempête. Du mieux que j'ai pu. Je suis parvenu, je crois, à éteindre quelques feux, avec les années. Mais pas les braises. Enfouies dans ses cendres. Responsables de tout.

Arielle est la seule femme que j'ai aimée. Je crois. Une situation qui s'approche du sentiment. Une forme d'amour difficile à nommer dans mon cas, mais à qui je pensais sans cesse. La seule femme que j'ai laissé entrer en moi. Aucune n'aura réussi avant ou après.

Toutes n'auront été que les figurantes d'une chimère.

Je la trouvais belle. Pas seulement de beauté, mais dans ses gestes. Partout. J'ignore pourquoi. Et ça ne me dérange plus. Je ne tente plus de comprendre pourquoi elle a réussi à se faire une place. Peut-être s'est-elle imposée par la beauté ? Beauté dont je me suis méfié et dont j'ai fait une existence qu'on admire.

Quelques jours avant qu'elle ne meure, je lui avais donné un petit dessin avec deux mots amoureux. Un bout de papier sans promesse. Un dessin fait main. Simple. À l'encre de Chine. Une fleur de dahlia esquissée. Des dizaines de pétales. Avec la plume qu'elle m'avait offerte. Celle qui avait changé ma vie quand je m'étais cassé la jambe. Elle ne l'a jamais su. C'était mon geste. Ça n'avait du sens que pour moi. Ne pas lui dire.

Je ne l'ai pas raconté à ses funérailles. J'ai encore la plume et le pot d'encre séchée. Le dessin l'avait ébranlée. Je ne l'ai pas raconté. Il y a des sentiments qui doivent rester aliénés.

Ses yeux. Des larmes silencieuses, douces et chaudes. Elle avait plié le bout de papier devant moi et l'avait mis dans son tiroir à sous-vêtements.

Arielle plantait des fleurs annuelles au printemps. Et des bulbes à l'automne ; les vivaces. J'ai toujours préféré les vivaces. Elles savent vivre cachées, enfouies, discrètement, et sortir selon leur volonté. Belles fantômes. La première semaine d'octobre, elle avait fait mourir la pelouse d'un petit carré de terre autour d'un pommier en étendant une bâche noire tenue à plat, contre le vent, par des pierres sauvages. Des pierres venues de la terre, poussées chaque année hors du sol par les gelées.

Ce premier samedi de novembre, avant les grands gels, elle avait labouré le sol avec une pelle et une fourche, puis elle avait enterré ses bulbes. Pour l'année suivante. Ancolies, lis, tulipes et pivoines.

— Elles ont toutes des raisons de faire partie de nos vies.

Tous les jours, de juin jusqu'aux premières semaines de décembre, elle cueillait de la camomille, qu'elle entretenait autant pour sa beauté que pour les tisanes qu'on se faisait le soir.

— Ça a longtemps été un rêve, dans ma vie, d'avoir de la camomille derrière ma maison, elle avait dit.

J'ai toujours aimé les fleurs. J'admire leur souveraineté. Elles ne sont belles que pour elles-mêmes. Nos regards sont des coïncidences dans leurs vies. Parfois aussi elles sont belles pour les oiseaux. Fallait surveiller les merles au printemps, qui coupaient les jeunes pousses à peine sorties du sol. Faut parfois aider la nature.

Elle avait passé tout son samedi à planter, sarcler, et recouvrir sa plantation. Elle est morte le lendemain, dans la nuit du dimanche au lundi.

Depuis, je parle aux fleurs.

Le dimanche matin, Arielle s'était réveillée avant moi. Le bruit du café, à travers celui de la pluie. J'étais resté au lit en fixant le plafond. J'ai toujours aimé fixer le plafond, c'est un grand bonheur ; laisser ma tête aller où elle veut. J'ai beaucoup appris sur moi dans cet espace de solitude où rien d'utile ne semble exister. Où je n'ai pas à interagir avec d'autres. C'est là que furent prises les plus grandes décisions de ma vie.

Il y avait un ventilateur, comme dans les films, qui tournait et dont je tentais de compter les tours, avec les tictac du vieux cadran Westclox de ma mère, sur ma table de chevet depuis sa mort. Parfois, les tours correspondaient avec le bruit des secondes. Et je passais à autre chose. Heureux d'avoir forcé le hasard sur une voie insoupçonnée. Arielle m'avait fait un café. Avec du lait chaud. Elle savait faire.

On était allés à la pépinière, ce dernier dimanche. Acheter d'autres bulbes. Il pleuvait. Elle avait ses yeux bleus. On s'était tenu la main. On se tenait toujours la main en voiture. Ma main droite, sa main gauche. Les essuie-glaces faisaient un bruit de battement répétitif. Un son que je tentais de synchroniser avec le rythme de la musique de Leonard Cohen, qu'Arielle adorait. J'éteignais et rallumais la commande des essuie-glaces en espérant qu'ils concorderaient avec la musique. Arielle avait dit quelque chose.

— Je t'écoutais pas.

— Je sais… j'ai juste dit : je t'aime, ké ?

J'avais abandonné mon truc de concordance, et on avait parlé de littérature. Arielle disait que les hommes qui écrivent veulent toujours nous apprendre des choses. Et qu'ils sont pontifiants.

— Comme un tic.

— Et les femmes ? j'avais demandé. Je savais qu'elle lisait un livre d'Annie Ernaux en ce moment.

— Les femmes sont narcissiques de leurs sentiments. Elles deviennent le centre de l'univers quand
elles se mettent à penser et écrire sur leurs sentiments.
Mais les pires, à l'écart des genres, ce sont ceux qui
croient que la littérature doit mentir et qu'elle ne doit
pas être violente et sincère.

Puis elle avait bu une gorgée d'eau froide et m'avait
embrassé sur la bouche. J'avais mis la voiture sur l'accotement et on s'était embrassés à nouveau. Des baisers
de rage. Sa langue était froide. Ça m'avait surpris.

— C'est pas mal la plus belle journée de ma vie.

— Il pleut.

— M'en fous.

Les fleurs de pommiers sauvages sont les plus belles
de toute la Création. On dit qu'infusées, elles gué-
rissent de la honte et de la culpabilité. De même que
boire la rosée des fleurs au matin aurait des propriétés
pour guérir de ses regrets. Aujourd'hui, je sais que les
fleurs d'Arielle, celles qu'elle avait plantées, m'ont aidé
à survivre à son absence. À travers elles, je suis parvenu à continuer, jusqu'ici.

Je sais aussi que plus la distance s'installe, plus elle
devient un souvenir. Et ça me fait chier.

Souvent je me suis surpris à souhaiter être une
aiguille d'horloge et rester attaché par le centre, même
si le temps tourne. J'ignore si je l'ai aimée comme elle
l'aurait souhaité. Probablement pas, parce que je n'ai
pas eu les sentiments qu'on attend. Je sais par contre

que j'ai su avoir un sens pour elle. Je crois qu'elle, elle m'a véritablement aimé. Au fond de moi, j'entretiens cette intuition. En fait, je sais qu'elle l'a eue. Quelques semaines plus tard, en vidant ses affaires – dans son tiroir à sous-vêtements –, à côté du petit dessin du dahlia à l'encre, j'avais trouvé une clé USB.

À onze ans, Arielle avait toutes les poupées de la série Fraisinette; Fraisinette, Pomme Bout'chou, Tortue Tartine, Pêche Melba, Cerisine, Mentoline, Opla, Limette… C'était sa collection d'amies. Tous les garçons du monde détestaient officiellement ces poupées. En secret, on était intrigués. Je me souviens de ce qu'elle m'avait un jour dit, alors que je les regardais, toutes alignées sur son lit, un peu inquiet parce que je trouvais ça étrange qu'elle joue encore à la poupée. Elle voulait une grande famille de sept enfants.

— T'es averti, Marc. C'est ça ou rien.

Quand on a onze ans, on croit ce que l'âge nous permet de croire. Ses mots m'avaient marqué. J'étais impressionné qu'elle soit aussi volontaire, et j'étais touché qu'elle m'ait choisi pour faire sa famille. La vie est étrange. Elle y aurait vu un signe; Arielle est morte quelques jours après m'avoir dit qu'elle voulait un enfant. Maintenant.

J'ignore ce qu'elle aurait pensé de ce hasard. On n'en avait jamais vraiment parlé avant, mises à part quelques discussions de quotidiens amoureux. Pour nous, le projet d'avoir des enfants était encore un fait social, une idée conforme; une pression convenue de l'environnement. C'est ce qu'on dit aux jeunes hommes et jeunes femmes. Nous étions dans la trentaine. Je faisais beaucoup d'argent.

Sans elle, j'aurais perdu la tête.

Trois jours avant sa mort, elle avait dit : « Je veux qu'on se fasse un enfant. » La veille, elle n'en voulait pas, j'en suis convaincu. Quelque chose s'était produit. Je n'ai jamais compris pourquoi elle voulait un enfant de moi. Je n'étais pas normal.

J'ai fermé les yeux sur ce qu'elle avait vu.

Une fraction de seconde, et tout peut basculer. Ou se redresser. Ça, je savais. Ce soir-là, on avait fait l'amour sans faire attention. Jouir en elle ne serait plus un danger. Ma jouissance ne serait pas une inquiétude. Une de moins.

À partir de là, on laisserait les choses au destin.

Depuis longtemps, je n'avais plus d'horaire. Je ne travaillais qu'avec rage et intention. À l'écart des jours et des échéances. N'importe quand. Sans calendrier. Arielle tenait le quotidien pour nous. Elle souriait quand je lui demandais où elle allait.

— C'est lundi, je travaille. Les gens normaux travaillent la semaine, Marc… Bye, bonne journée.

J'ai toujours eu horreur des horaires, des rendez-vous, des obligations. J'ai haï les gens, haï rencontrer du monde, aller au resto, croiser des amis, devoir parler. En public, j'étais incapable de tenir une conversation avec plus de deux personnes. Ma tête disjoncte. Le bruit est une angoisse. J'ai appris à étouffer l'agressivité et à survivre dans cette condition mais c'est difficile. Il n'y a qu'Arielle qui savait.

En général, je déteste tout le monde. Sauf elle. Je n'ai jamais su pourquoi. Arielle Murphy est la seule personne qui ait réussi à s'approcher. La seule personne qui m'ait accepté comme j'étais.

Tout ça m'avait un peu inquiété. Je me savais dur à vivre. Sans y trouver d'honneur. Un peu honteux de cette condition. À mauvaise fortune bon cœur. Avec elle, ce n'était pas un effort. Mais une raison de survivre.

Sa mort m'a troublé. Pas de tristesse, même si j'ai feint des milliers de larmes et un deuil pour rassurer les autres.

Sa mort a été un trouble profond. Le fond de la mine. La *track* de fin. Il y en avait une près du *pit*, une *track* de fin ; deux morceaux de métal qui s'élèvent des rails, à la verticale. Rien après. Cul-de-sac. Ça s'arrête là.

Ironiquement, quand on les regarde de profil, ces *stoppers* ont la forme calligraphique du signe *infini*.

Un ravin sombre. Quelque chose avait disparu dans sa noirceur. Une force aussi. À partir de ce jour de novembre, j'ai décidé de faire semblant d'être normal, d'être un homme ajusté et social. J'avais abdiqué. J'allais faire comme si toute la suite pouvait être ordonnée et merveilleuse. Me dissoudre dans la masse. Me confondre aux autres. Devenir tout le monde.

Arielle s'était endormie comme d'habitude. Toujours, même après des désaccords ou des états de colère, on s'embrassait avant la nuit. Même quand l'autre dormait déjà.

Ce soir de novembre avait ressemblé aux autres. Elle s'était collée sur moi. Elle était toujours gelée le soir, été comme hiver.

Mon bras sous elle, sa tête sur ma poitrine. Elle ne l'a jamais su, mais toujours je ne trouvais le sommeil qu'en synchronisant ma respiration sur la sienne. Elle me calmait. La seule personne qui ait réussi à étancher ma tête. La seule qui soit parvenue à endiguer ma rage.

Un peu avant minuit, elle s'était réveillée violemment et avait à peine eu le temps de me dire «ça va pas» dans une respiration asphyxiée. Elle m'avait serré de toutes ses forces avant de se relâcher. Les yeux tournés vers l'intérieur. Morte. Foudroyée. J'avais tenté tout ce que je savais. Tous les gestes qu'on nous dit de faire.

Son corps n'était plus là. Thrombose et rupture d'anévrisme. L'âge n'avait rien à voir, on m'avait dit. Ça peut arriver à n'importe qui. N'importe quand. Le contraire d'une loterie.

Arielle n'avait pas de frères et sœurs. Ne lui restait que son père dément, des amis, des oncles et tantes éloignés et des collègues de travail. C'est beaucoup pour moi que les gens sont venus aux funérailles. On en avait parlé dans les médias, fascinés par nos destins tragiques «la femme de… morte d'un accident cérébral… enquête… rapport du coroner».

Les gens avaient été soudainement captivés par cette violence humaine qui avait tant fait partie de mes œuvres. Comme si c'était annoncé. Comme si c'était normal. Vivre par l'épée.

Voir des signes. Pire : y croire. Comme s'il était acceptable que la seule femme que j'aurai peut-être aimée meure dans mes bras. À un âge où la nature n'a habituellement que des droits.

Un des malheurs de mourir jeune, c'est de ne pas avoir pu apprivoiser la mort. Même si nous avions eu une enfance avec un horizon et des relents religieux, et un peu la mort de Med, et celles de nos mères, rien depuis pour marquer de sens cette ombre absolue.

J'ai fait du mieux que j'ai pu. Les arrangements, les papiers légaux, la succession. Une cérémonie, qui ressemblait à des funérailles, avec des gens qui parlent et pleurent. Moi, debout devant une assemblée d'humains, qui ai raconté des histoires et tenté d'en faire un éloge. Arielle était disparue.

À partir de là, c'est beaucoup à cause des larmes, et de la probation des autres pour la suite, que j'ai fait acte d'obédience à une vie humaine abjecte, ajustée et prévisible. Je suis devenu un citoyen, veuf pour certains, pour qui on avait des pensées bienveillantes. Un homme secourable et empathique. À qui on a souhaité des indulgences, seul sur le chemin du deuil. Un autre que moi. J'étais deux, avec le mépris. Je n'avais rien à foutre de la compassion.

J'ai fait semblant d'ignorer l'infâme. J'excelle là-dedans.

J'avais raconté, improvisée, une histoire à la cérémonie : je m'étais souvenu d'une toupie. L'automne 1981 après Med. Mois de novembre. Un dimanche.

On ignorait encore ce qu'il fallait faire entre nous. Elle et moi. Pour se nommer et exister. On devinait les attentes, sans vraiment les connaitre. Avant que l'âge adulte nous réduise à la réalité. Une toupie. Le vestige d'un autre âge. Un cadeau que j'avais reçu avant l'école quand j'avais cinq ans. Je soupçonne les adultes nostalgiques de répéter aux enfants, tels des échos, les souvenirs et les objets de leurs enfances. Par manque.

On avait été fascinés par ma toupie, quelques secondes, hypnotisés. Elle était rouge et jaune. En métal. Avec des fleurs blanches, comme des marguerites. Quand elle tournait, on perdait la définition des motifs. Les fleurs se mêlaient aux couleurs et devenaient un mouvement ralenti et silencieux. À peine le bruit d'un frottement et de l'air qu'elle fouettait. Un léger souffle. La toupie sur elle-même, en équilibre, sur un point à peine plus grand que la pointe d'une plume à écrire. Elle restait là, debout, tant qu'elle roulait. Puis elle tombait, et tournoyait quelques tours sur ses flancs, désemparée, avant de s'immobiliser. La fin d'un cycle. On la repartait en tirant et poussant plusieurs fois sur la tige en forme de vis. Elle reprenait sa force, et restait debout encore longtemps. Puis elle cessait de tourner encore.

J'ignore pourquoi ce souvenir est resté aussi vif. Je crois que j'ai voulu y voir une métaphore amoureuse. Trouver un sens à ce jeu. J'ai tenté de nous expliquer par-là durant deux décennies. Un jour, j'ai compris que c'est le temps partagé devant cette magie qui nous avait unis. Encore l'invisible. Comme les mystères qu'on s'invente pour rester en vie. On vient à y croire et ça suffit à alimenter la suite. Ce qu'on se répète finit par consoler.

Il faut aimer les orbites pour continuer de sourire.

Ça fait longtemps que je sais que si on reste sur la voie tracée, on n'ira qu'à un endroit défini d'avance. J'avais onze ans.

Depuis la mort d'Arielle, j'ai refait ma vie comme un homme normal. Au départ, c'était pour me venger. Il me semble que c'est ce qu'il fallait faire. J'ai prétendu être amoureux. Vraiment. En mentant à tous. Comme il se doit. Avec des promesses, et des rêves. M'en suis même vanté. Une femme. Des enfants. Une famille. Une maison. Plusieurs maisons. Plusieurs pays. Une carrière qui a continué de grandir en sens et en respect. Des amis. Des sourires. Des vacances. Avec l'avenir, encore, comme horizon. Faire comme tout le monde. Avec une foi narcissique.

Toujours sans appétences. De rien. J'ai fait semblant d'être heureux. J'ai réussi à faire semblant d'être heureux. Tellement, que pendant plusieurs années, j'ai senti de la jalousie envers moi. Ça me faisait drôle d'être envié pour une vie feinte. Ça nourrissait encore davantage le mépris.

Avec le deuil d'Arielle en filigrane. Un deuil lointain, égaré. Et à retardement. Mais vif comme une brulure. Toujours. Un chagrin sans fond. Sidéral. Parfois aussi comme une fracture. Un mal sourd. Une détresse fantôme. Comme quand on réalise que notre jambe est cassée ; notre corps fait semblant que la douleur n'est pas là où ça fait mal. Il s'invente ailleurs. Il s'en va ailleurs. Partout et nulle part à la fois.

Alors j'ai ravalé mes rages. Celles qui font vivre et celles des limites. En me disant que c'était bon pour l'art. Et la bête que je suis. Depuis si longtemps, on aime croire que les souffrances sont des ressorts. On adore les martyrs, les tragédies, les drames et les affects. Des succédanés de liberté.

On aime croire que les moulins transforment les vents en farine. On les invente aussi, parfois, au-delà de l'utilité. Par nature. Pourquoi pas les rails aussi ? Il me semble qu'on transporte abondamment nos sentiments ; plus qu'on ne les traverse. Une *track*, deux femmes. Un train de marchandises sans chauffeur. Un convoi de milliards de consciences sans rails.

J'ai tant souhaité que des gens vivent. Que d'autres meurent. Je souhaite souvent la mort des gens que je connais.

J'ai étranglé trop de choses durant tant d'années. Jusqu'ici. Maintenant. Égorgé des beautés. J'ai murmuré mes violences dans l'art. Ne pas être narcissique. Ne pas être narcissique. Ne pas être narcissique. Contrôler cet autre. Le cacher aux autres. Pour la suite, encore. Suivre la ligne de vie. Trouver la suite en soi. Cet impossible avenir. Pour ne pas que les autres aient peur de moi.

Très jeune, j'ai compris qu'une race qui protège ses plus faibles est vouée à l'échec. Même quand elle en prend conscience et s'excuse et s'organise. Même repentante et historique. Ses cycles. Comme des avortements. Une beauté sans nom dans sa chute. Que l'on répète et relève telles des toupies. Le temps que ça dure.

Je ne suis pas croyant, et pourtant, j'ai souhaité tous les jours de ma vie, devant les fleurs, n'être qu'un animal amoureux.

J'ai endigué ma nature et rendu ça merveilleux. L'art nous révèle et nous ment, dans une juste et terrifiante mesure. J'ai appris à dire « je t'aime » quand ça comptait. Tous m'ont cru. Aux instants opportuns.

J'ai aussi appris à dire « je t'aime » dans les moments où on s'y attend le moins. Ceux-là comptent encore plus. J'ai continué d'avoir des larmes aux bons intervalles, et devant les bonnes personnes. Je me suis affranchi du silence. J'ai eu l'air de savoir communiquer et j'ai été capable de nommer les troubles et tant de pressentiments.

Depuis la mort d'Arielle, j'ai réussi à réprimer toutes mes envies de tuer des gens. Ça ne sert à rien, que je me répète. Le problème est ailleurs. Partout. Je souris quand je constate la sonnerie de l'amour et sa charge d'exister, comme preuve et condamnation de soi. En même temps. La vie n'est pas ailleurs. Elle est plusieurs. Elles sont en nous. Certaines suffoquent, et d'autres hurlent. L'amour est le sentiment le plus égocentrique de l'Univers. Le plus autiste aussi.

Alors j'ai sondé. Je me suis endormi tous les soirs en me répétant que j'avais raison d'essayer. J'ai tenté très fort. J'ai voulu croire les valeurs morales génériques ; celles d'entraide, de bonté, de justice, de famille, du droit de rêver, de l'espoir. En me disant que je ne serais pas déçu. J'ai quasiment souscrit au projet. Je lui ai véritablement donné une chance.

Vainement.

Je me suis réveillé tous les matins, durant de longues années, anesthésié par une fièvre de confiance et une cruauté lucide, avec la certitude qu'il existait une destination. Avec toujours le doute malheureux que ça ne rimait à rien. J'ai dompté la furie. Pour un temps. Et un autre encore. Les années se sont empilées dans le précipice. Faut aimer les laideurs pour trouver la beauté.

En participant au projet, j'ai tant souhaité y croire. En me disant qu'à force d'en faire partie, je finirais par être convaincu. Acheter des trucs, consommer, désirer. Rêver aussi ; on dit que c'est bon, avoir des rêves. Des baumes. Les rêves sont obligatoires. Ça nous rassure. Et ça conforte les autres quand on les raconte. Ça fait vrai. Normal.

Depuis sa mort, j'ai vécu avec son fantôme. Arielle. De belles et longues années. Difficiles au début. Le manque physique. J'ai fini par m'y faire et l'accepter. J'ai continué de lui parler. Elle a continué de m'aider, comme ma mère. Partout. Dans l'art beaucoup. Mais surtout, elle m'a donné des souvenirs et la force requise pour sourire de temps en temps. Et continuer à faire comme si tout était ok.

Au début, je m'étais promis de ne jamais plus aimer. Incapable. Malgré la brèche d'Arielle. Elle, entrée par une fissure. Puis une crevasse. Trop souvent, je ne suis qu'un ravin.

Le printemps après sa mort.

La neige a fondu. Les crocus sortent toujours les premiers. Perce-neige on les appelle. Ils viennent avec les corneilles. Ensuite, les marguerites sauvages avec les étourneaux. Le magnolia. Et toutes les autres suivent. Avec les tulipes. Les fleurs sortent de la terre. Les merles se pointent. Deuxième semaine de mai. Je m'étais réveillé au son strident des hirondelles qui défendent leurs nids, et celui des outardes au ciel qui appellent le sol pour se rassurer de la route. Elles savent où aller, les outardes. Loin. Elles savent où elles vont. Il me semble. Il existe un ordre, même s'il se répète et tourne en rond.

Je n'avais pas bu de café depuis l'automne dernier. Pas capable. Parfois, les souvenirs sont des outrages. Ce mardi-là, j'avais eu envie. Pendant que la machine chauffait, j'étais sorti faire un bouquet. Par instinct. Aux tiges longues. Arrachées. Avec les mains. Un bouquet improvisé avec des pissenlits et des lilas. Plein de couleurs. J'avais mis les fleurs dans une bouteille de vin vide. Une journée presque normale. Une suite possible. Je ne me souviens pas d'avoir souri. Mais c'était comme. Dans cet élan, j'avais trouvé le courage de fouiller et vider les affaires d'Arielle.

Je me souviens d'avoir respiré profondément tout son linge avant de le plier et de l'empiler. Surtout ses sous-vêtements. À la recherche de ses odeurs. Elle. Cette femme. Me rattacher un peu. Mémoire des sens. Une autre fois encore. Sans vérité. Ça sentait la lavande ; des fleurs séchées dans un sachet, placé sous ses vêtements.

Je sais qu'il est impossible de faire disparaitre les pensées et les mémoires. Mais les objets qui s'y rattachent, oui. J'avais rangé ses trucs dans des boites de carton. Quand j'ai manqué de boites, j'ai mis ses choses dans des sacs de vidange. Pour les donner à des organismes de charité. J'irais le soir. Dans une cloche de récupération anonyme, au centre communautaire du village, à l'abri des regards. Pour ne pas avoir à regarder les gens dans les yeux et devoir leur expliquer d'où ça venait. J'avais tracé des cœurs avec un feutre noir sur les boites. Et ses initiales AM. Tout était plié avec ordre.

Le geste était simple. Ouvrir le couvercle, déposer les boites et les sacs, en faire un rituel. Je suis retourné huit soirs de suite. Le neuvième jour, l'après-midi, j'ai croisé les yeux d'une femme à travers la vitre de la porte de la bibliothèque municipale. Une inconnue. Elle m'a regardé, en faisant un signe de tête à peine perceptible, et n'a rien dit. J'ai su que ça irait. Je pouvais le faire. Alors j'ai continué. À bout de force.

L'inconnue n'a jamais su le courage qu'elle m'avait donné.

Au fond du tiroir du haut, enfouis : des mots, des lettres, des coquillages, des dessins de moi que je lui avais offerts, des bijoux de sa mère, une photo, et une clé USB. Je me rappelais. Son tiroir. Un coffre-fort.

J'ai passé le reste de cette journée, et de la nuit, et des trois semaines suivantes à lire et relire Arielle. Elle avait écrit des nouvelles, des poèmes. Trois romans achevés. Des notes et des plans pour quatre autres. L'intimité d'une œuvre. Je me suis beaucoup attaché à ses mots. Ils m'ont un peu réconcilié avec son absence. J'ai découvert à travers ses mots toute la beauté de sa violence de femme.

Un souvenir. Un soir, il y a plusieurs années. On venait d'emménager ensemble. Fin d'été. Dans un parc. Des balançoires qu'on aimait. On voyait les lueurs de la ville sur les nuages et sur le fleuve.

— T'es sûr que tu veux de moi ? Je suis de l'entretien, tsé...

— Je sais.

Je me souviens de son visage quand elle était heureuse. J'avais appris. Je gardais le silence. Aucun mot n'aurait su traduire ou nommer. Je crois qu'Arielle a su me garder en vie. Malgré elle.

Sans elle, je n'y serais plus. Je n'ai jamais eu d'intuition. Un peu d'instinct, certes, qui n'était en fait qu'une fraction de seconde d'avance sur le présent. J'ignore d'où ça me venait. Je suis né chanceux, je crois.

Elle m'a appris les fleurs. Sans elles, aussi, j'aurais décroché. Puis tout est devenu secret. Un souvenir. Souvent, je me surprends à l'imaginer toujours là. Parfois je me dis qu'elle existe encore plus ainsi. D'ailleurs. Telle une cloche d'église qui s'est déliée de ses croyances et qui continue de sonner par grâce et pour les mémoires. Je me souviens du désir dans ses yeux. Sa frontière. L'exigence de s'aimer, là, maintenant. Le présent de cette femme était le plus beau.

Novembre. Quelques jours avant sa mort, essoufflée :

— Ma grand-mère maternelle égrainait son chapelet tous les jours.

— La mienne aussi, et elle est morte dans son potager à l'automne, en ramassant ses patates comme on fait là, mais pendant la messe. La seule fois dans l'année, pendant les récoltes, qu'elle manquait.

— Tu sais pourquoi je t'aime, Marc ?

— Euh... non.

— Parce que.

— Je t'aime aussi tsé, même si des fois, c'est tout croche.

Elle avait laissé couler quelques secondes :

— Marc... juste te dire... J'ai jamais voulu, pensé, ni souhaité sortir indemne de nous.

Je piquais la fourche profondément avec un pied, parfois en sautant à pieds joints pour gagner quelques centimètres de profondeur, et je forçais la terre à remonter et se retourner. Les patates apparaissaient. Arielle se penchait, je volais un regard sur ses seins à travers le décolleté de sa chemise et sa veste à carreaux. Les sangs se brusquaient.

Elle ramassait les pommes de terre et les mettait dans un cageot de lattes de bois tressées. Pour l'hiver. On engrangeait. Au frais pour l'année. Ce moment demeure, à ce jour, les minutes les plus romantiques de ma vie d'homme. On s'en allait loin, elle et moi. Enfin. Travailler la terre ensemble. Se tracer du temps.

Peut-être même jusqu'au bout, j'avais pensé. Six mois plus tard, j'avais reconnu le soutien-gorge en vidant le tiroir. Blanc. Tressé comme le panier. « Du macramé », j'avais dit en souriant, la première fois qu'elle l'avait dégrafé, dans nos urgences amoureuses. Cette fois-là, j'avais joui sur ses seins. Je me souviens de ses yeux, fermés. Et de son sourire.

Les souvenirs s'accrochent autant aux choses qu'à nous, pour survivre. Ils ont besoin de nos vies. J'ai toujours gardé, dans un coffret à reliques, un cinq cennes écrasé de cet été d'enfance.

Les années ont passé. Je me suis souvent surpris à penser à elle. Pourtant, le présent était ailleurs. Avec une autre femme. J'aurais tant voulu avoir la force de l'oublier. Moi qui, pour résister aux assauts du manque, étais heureux de ne pas avoir de sentiments. Tout est plus facile quand on s'est affranchi de ses sangles affectives. Ne pas avoir de sentiments. Avoir peur des sentiments. Être affolé par ses sentiments.

Je crois que la nature m'a fait une fleur. Elle m'a détaché de cette conscience d'exister. Je suis né déraillé.

Après Arielle, je me suis enfermé à l'atelier pendant des mois. Les gens ont gardé leurs distances, convaincus par le deuil.

Immunisé des autres. J'ai passé une année complète à peindre sans arrêt des œuvres de violences et de beautés. Sans intention. Laisser aller. Je lisais ses mots. Ceux qu'elle avait laissés. Dans une spirale sans fin. Toxique. Magnifique et malsaine à la fois. Comme si les deux étaient indissociables. Une danse meurtrière. Jamais on ne saurait comprendre cet instinct. Aimer et détester avec la même fureur. Sublimé.

Arielle est passée dans ma vie comme un rêve. Trop vite et ailleurs. Depuis, j'ai peur des souvenirs. J'ai peur de l'oublier. Parfois, au milieu des sourires sociaux et des gens qui me félicitent ou me détestent ou m'envient, je reste composé et je continue d'écouter ou de faire semblant, mais c'est à elle que je pense. J'ai une mémoire qui peut défier le temps, à toute épreuve. Infaillible. La vie fait bien les choses : ma tête décroche quand les gens me parlent. Une condition heureuse.

Si souvent les grands moments me font défaut. Je n'ai aucun regret. Ce sont les milliers de petits gestes et les minuscules évènements qui, au final, nous ont tissés. L'évidence m'échappe. Tels des mots sur une page, ce sont davantage les lignes blanches entre les phrases qui me définissent. Plus je m'éloigne d'Arielle, dans le temps, et plus je deviens humain.

Il me semble qu'un premier mai, quelques années après sa mort, j'ai pleuré pour la première fois de ma vie. Comme si j'avais des sentiments. Soudainement. Je n'avais même pas été surpris.

L'occurrence des larmes avait été précédée par le sentiment, en sourdine, et c'était normal.

Moi qui avais toujours cru que l'art cherchait à nous nommer. Alors qu'au contraire, il ne reflète qu'un état de manque. C'est l'écho du vide.

Les mots d'Arielle, et ses histoires, m'ont tant appris, à regret, sur elle. Je continue de lui parler, tous les jours depuis. Je fais attention pour ne pas dire son nom à voix haute. Ça causerait trop de heurts. Et d'incompréhension. On s'est mariés sous les racines, elle et moi. La vie normale pousse au-dessus de nous.

— *Tchèque* mes seins, sont enflés et sensibles… Me suis dit : « Marc va les trouver beaux. »

Elle avait souri et détaché son soutif, et m'avait demandé de les toucher. La dernière fois où on s'était aimés. « J'ai besoin de tes mains sur moi, je les aime tes mains… » On avait fait l'amour. Comme pour battre le temps. Pour l'envoyer chier.

— Tu fais quoi demain ?

— Bonne nuit, Ari.

— Marc… Tu fais quoi demain ?

— M'en vais compter les étoiles, et faire un atlas. Un jour on va trouver le chemin et on sera libres, toi et moi.

— Je comprends rien, mais je trouve ça beau… Bonne nuit. Je t'aime, ké ?

On s'était collés, les fenêtres ouvertes sur novembre, l'air de la nuit sur nos peaux froides et chaudes. Ses odeurs de femme sous les couvertures. J'avais respiré quelques minutes en même temps qu'elle, et m'étais endormi contre sa douceur.

Quand je regarde en arrière, depuis ces années, je me dis que j'ai menti parce que j'étais terrifié par la vérité.

Y a des moments où elle ne peut pas exister. C'est une déception sans nom de le réaliser. J'ai choisi de faire de l'art parce que c'est un langage qui m'était apparu sans filtre. Loin de celui qui se situe entre « je t'aime » et « je te déteste ». Un langage que j'ignore. Que j'ai tenté d'apprendre.

Arielle ne pouvait plus exister. Je le sais maintenant. J'ignore où on se serait rendus, elle et moi. Peut-être qu'on aurait fait une famille. Peut-être aurait-on réussi à faire des enfants meilleurs que nous. Peut-être aussi qu'on s'est fait fourrer des mensonges et des promesses dans la gorge. J'ai fait ailleurs, avec une autre, ce qu'on avait souhaité, elle et moi.

J'ai bousculé toutes les croyances pour arriver jusqu'ici. En me disant que ce serait mieux ainsi. Parce qu'on a la chienne de dire la vérité depuis nos premiers souvenirs. La réalité a souvent honte de nous.

Plus on s'éloigne de sa nature, plus on entre dans le rang. Avec force et excès. À moins de croire aux mirages et aux anges. Autant se mentir.

Quand je fais sortir de la peinture rouge d'un tube, parce que c'est écrit rouge cadmium dessus, et que c'est du rouge cadmium qui sort, je suis contenté. Les petites choses, je me dis. Je vais y arriver. Arriver à la fin avec le moins de fautes possible. Prendre le chemin le plus beau, sans égard aux risques, à l'escarpement, aux détours, aux chutes, aux dangers et aux années. Il faut savoir tourner en rond. Ne pas être une ligne droite. Les chemins de fer m'obsèdent parce qu'ils sont des lignes droites. On doit dévier.

Parfois, depuis aussi loin que je puisse me rappeler, j'aurais voulu être capable d'aimer. Je me donne encore un peu de temps. Arielle va m'aider. À travers les aveux et toutes les inquiétudes qui viennent avec. Je finirai par dire.

Il y a quelques semaines, j'ai fait son portrait. Je ne le montrerai à personne. Jamais. Loin du marché et des attentes. Pour moi. C'était devenu rare. Faire de l'art pour me faire plaisir. Ce n'est pas l'œuvre, l'objet, qui fait sens. C'est de faire. L'objet est secondaire. J'ai effacé ses yeux et les ai recommencés trois fois. Ses yeux noisette, lucides et débordants de vérités. Ses yeux qui changeaient de couleur selon la température, parfois bleu cobalt quand il y aurait de la pluie.

« Merci Arielle », j'ai écrit à l'endos du tableau, à l'encre. Testament. C'est aussi mon radeau.

Je me souviens de ma première visite au Louvre. Je déteste voyager autrement que pour les musées. Les musées conservent les passés. Arielle était venue me rejoindre.

La seule raison d'aller en voyage. *Le Radeau de la Méduse*, de Géricault. Il a peint l'histoire officielle des rescapés d'un naufrage politique. Les peintres ont ce pouvoir ; peindre l'impunité. Pour certains, ce sont des chevaux, comme Delacroix, pour d'autres, la violence de la nature humaine, comme Goya, et certains choisissent la spiritualité, comme Rothko.

Chaque fois, c'est l'inviolabilité de la vie qui est dite.

Arielle mon horizon. Son regard abritait toute ma charge de vivre. Les espoirs et les déceptions. Comme la poésie.

Je suis souvent debout, au milieu de l'atelier. Immobile. Parfois avec raison, et d'autres fois simplement égaré. J'avais oublié combien l'atelier était un espace de liberté. Un lieu d'immunité. Peindre est un acte de franchise et d'irrévérence. Un état sauvage. Immonde. Je crois que c'est ce qu'elle souhaitait de moi. Une prescience. Avec des odeurs et des sens qui, à eux seuls, suffisent pour se justifier. Comme l'odeur des fleurs accompagne leur féerie.

Arielle m'a projeté ailleurs. Dans tous les temps. Chaque saison, je la devine, dans ses cycles. Tout ça me rassure. J'aime croire qu'elle veille, quelque part. En silence. Je l'invente partout.

Mes coulisses sont plus vraies que le reste ; elles portent davantage les vérités que la mise en scène. J'ignore encore, jusqu'à ce jour, si j'étais amoureux. Je sais par contre que j'ai confiné le sentiment. Et ça, c'est déjà beaucoup.

Je lui dois violemment une grande partie de mon essence et mon destin.

Les fleurs d'Arielle réapparaissent chaque printemps. Belles. Comme à chacune des années depuis qu'on a été des enfants. Ses fleurs. Fidèles comme ses règles. J'ai continué de leur parler. Elles ont incarné mon deuil. J'aurais aimé interrompre ses règles.

Je bois toujours de la camomille. Toutes ces fois où je verse l'eau, je pense à elle. Dans la théière qu'elle avait faite, de ses mains, dans l'argile. Je redoute le jour où elle se brisera.

Les gens se sont dit que c'était normal que je m'accroche à quelque chose au début. Un jour, je suis devenu l'homme d'une autre femme. Personne ne comprendrait. J'ai préféré garder le silence. Supprimer les échos.

Je lui parle souvent. De tout et de rien. Je lui raconte mes jours, mes heures. Les joies comme les peines. De toute manière, je suis convaincu qu'elle a toujours su, sans vraiment nommer. Pour une rare fois, il y a quelques mois, son absence m'a attristé. Comme si j'étais humain.

Je n'aurai jamais l'humilité d'un croyant. Et ne connaitrai jamais le trouble et l'angoisse de l'affection. J'ai fini par accepter les conditions de la nature. La mienne. Ma nature.

Mais parfois, souvent; un frisson. Comme un sifflement de train.

Un matin de fin d'été. La maison était tranquille. J'étais seul. J'avais fait un bouquet de fleurs sauvages et cultivées. J'adore ces gestes. Couper les fleurs avec assez de tiges pour l'eau. En les coupant, je sais qu'elles mourront.

Un pot de verre posé sur la table de la salle à manger. L'odeur est partout. Il m'arrive de croire qu'Arielle n'est jamais morte ou qu'elle n'a jamais existé.

— Je veux pas que tu meures, ok, je serais pas capable?

— Promis Ari. Promis.

— Marc, mets tes mains sur mes joues.

J'ai tenu ma promesse. Mais souvent, je me demande à quoi tout ça peut bien rimer. J'ai tant souhaité disparaitre. Ou en recouvrir une partie. Et faire mieux.

Chaque année, printemps et automnes, je plante des légumes au potager et des fleurs au jardin. Je mets des trucs en terre. Je sais qu'on n'a pas besoin de creuser jusqu'aux abimes pour faire prendre les racines. Tout a ses profondeurs.

Les distances, même les plus loin, nous appartiennent.

Parfois, j'effleure le sol, et mes doigts s'y enfoncent doucement. Juste assez. Des fois, je l'ouvre et le sonde avec rancœur et rage. Ça fait plein de sens. Ces jours-là, ma peau sèche et elle craque. Comme à l'atelier.

Le soir, fatigué, je regarde les traces de terre, et de couleurs, sur mes mains et je souris presque, convaincu d'exister tant les souvenirs sont vivants. Au réveil le matin, les traces de terre et de peinture sur ma chair me rassurent.